次第花开

周德龙 著

九州出版社
JIUZHOUPRESS

图书在版编目（CIP）数据

次第花开 / 周德龙著 . -- 北京 ：九州出版社，
2025.1. -- ISBN 978-7-5225-3453-4

Ⅰ . I227

中国国家版本馆 CIP 数据核字第 202599J7H1 号

次第花开

作　　者　周德龙　著
责任编辑　刘　嘉
出版发行　九州出版社
地　　址　北京市西城区阜外大街甲 35 号（100037）
发行电话　（010）68992190/3/5/6
网　　址　www.jiuzhoupress.com
印　　刷　成都市兴雅致印务有限责任公司
开　　本　880 毫米 ×1230 毫米　32 开
印　　张　7.75
字　　数　173 千字
版　　次　2025 年 1 月第 1 版
印　　次　2025 年 1 月第 1 次印刷
书　　号　ISBN 978-7-5225-3453-4
定　　价　69.00 元

诗人们的评价

　　周德龙是一位诗文化的布道者，他致力于诗文化的传播，帮助迷茫的诗爱者走向缪斯的殿堂。他的出现是诗坛的幸事。他的诗歌作品意蕴隽永，深刻反映了社会的现实和生活的哲理，展现了对自然、人生和时间的深刻思考。

诗集简介

  《次第花开》是当代诗人周德龙"廿六年倾心力作，百余种期刊力荐"的诗歌集。诗人用深情的文字构筑了一个独特的艺术世界，反映了作者对生活的探索与体悟，以及对生命的诠释。诗集内容题材多样，在修行的空间里，把大我与小我的争执跃然纸上，是一部以灵魂为笔、以万物为墨的倾心之作。

自　序

　　为自己写序，还是头一次。本来是想请名家来写，想来想去，他们都太忙了，不忍心去打扰，只好硬着头皮，自圆其说了。

　　这次出书，也是在王相华先生和刘春利女士的提议下，才迈出这一步。对于自己，我总是不那么积极，可能积极的心都给了诗歌，还有我的学生们。我记不得二十六年里到底写过多少首诗，也记不得近四年来帮别人修改过多少稿子。"纸上忙碌"，成了我生命中的一个大词。我没想到，诗歌居然是我生命中最重要的组成部分，像身体需要水。我是高兴在写，悲伤在写，吃饭在写，睡觉也在写，我想我这"诗癫"的名号也不算空穴来风。

　　基于成年累月的创作，我总结出了"诗性六根、诗根七情"的诗学理论。六根，是指眼、耳、鼻、舌、身、意；七情，是指喜、怒、忧、思、悲、恐、惊。将六根、七情与诗相融合，便可真正诠释灵魂！

　　我认为，一首好诗，要具备"建筑性的结构、音乐性的节奏、可视性的画面、流动性的真情、新奇性的语言、禅意性的表达"，同时兼备"雅、巧、凝、神、美"之特点。

　　《尚书·舜典》云：诗言志，歌永言，声依永，律和声。那"诗言志"，我们言的是谁的志？我想，我们言的是自己的志，是读者的志，是万物的志。

自古以来，借景抒情、借物言志都是诗歌应有的表现方式。世间万物都有它的语言，我们所能触及的花鸟鱼虫、高山流水、春夏秋冬等，都是诗的语言。它们是我们的媒介，是我们灵魂的代言人！

呵，谈经论道，一说即错，很多东西，是需要碰撞的。我这一家之言，还需各位看官自行掂量。希望我的文字，可以给读者朋友带来慰藉或启迪。我坚信：有诗的地方，一定有爱；有爱的地方，一定有光！

CONTENTS

目 录

第一辑 乐 章

002 / 敬　春
003 / 倾　听
004 / 植　树
005 / 夜　莺
006 / 希　望
007 / 行心记
008 / 蝼蚁之路
009 / 心花怒放
010 / 致我书
011 / 别离情绪
012 / 货　郎
013 / 本　心
014 / 独　奏
015 / 瓷　画
016 / 立冬前奏
017 / 六　花

018 / 赠　予
019 / 八月，你眸子里的光影
020 / 闯　关
021 / 说情绪
022 / 信　笺
023 / 乡　情
024 / 暗　示
025 / 空巢老人
026 / 母　亲
027 / 提　醒
028 / 提　及
029 / 无　助
030 / 叶脉上的纹路
031 / 流水的扉页
032 / 以青春为名
033 / 成　全

第二辑　水　调

036 / 使　命

037 / 我在等

038 / 萌动的春天

039 / 开合的心

040 / 这经年不减的相思

041 / 晚　安

042 / 无　忍

043 / 赤裸裸的折磨

044 / 没　头

045 / 茶　人

046 / 挣　扎

047 / 祭奠屈原

048 / 伪命题

049 / 钟山纪事

050 / 蝉　声

051 / 雨日说

052 / 叠　我

053 / 对　镜

054 / 留　声

055 / 一人江湖

056 / 苦命人

057 / 你不是你

058 / 一湖心事

第三辑　歌　头

060 / 芦檫熟了

061 / 春步调

062 / 忘记了吗？

063 / 没娘的孩子

064 / 壁炉的爱

065 / 明心记

066 / 我是一种属性

067 / 二月十四

068 / 表象世界

069 / 西湖艳影

070 / 遇　见

071 / 过　冬

072 / 底　爱

073 / 秋　思

074 / 致曾经的爱人

075 / 呻　吟

076 / 说晚安

077 / 我　们

078 / 隐匿的伤

079 / 我

080 / 孤独是一首诗

081 / 不可言说

082 / 迥　乎

083 / 深陷俗尘

084 / 致卑琐的人

085 / 我之心

086 / 麻　木

087 / 我是一个人

088 / 诉　心

089 / 淡　然

090 / 酒　吟

091 / 浮云遮眼

第四辑　万花筒

094 / 清　明

095 / 非表面

096 / 奋斗者

097 / 摘星人

098 / 收　起

099 / 久违的女人

100 / 开　路

101 / 歇一歇

102 / 一晃而过

103 / 一觉醒来

104 / 心上尘

105 / 风华已逝

106 / 断　言

107 / 我的四月

108 / 诗

109 / 麻　醉

110 / 对你说

111 / 落寞的心

112 / 有雨，没你

113 / 我与父亲

114 / 春天的音符

115 / 金枝槐

116 / 致敬那些可爱的人

117 / 今日立秋

118 / 两种境地

119 / 描　心

121 / 念之影

122 / 我们都醉过

123 / 开平碉楼记

第五辑　组诗方阵

126 / 阳　历

134 / 浮生记事

138 / 鸟　界

141 / 诗人日记

151 / 思乡客

162 / 球状星期

167 / 花　笺

171 / 我的路

178 / 恋恋西塘

182 / 漂泊日记

184 / 角　度

186 / 夜中人

191 / 关于你

199 / 拨弄你的心弦

204 / 周德龙的诗

206 / 别后之声

210 / 那时年少

214 / 汉中印记

217 / 生命的韵脚

第六辑　乐府新声

222 / 临　冬

222 / 过四正山

223 / 笑春声

223 / 城南小语

224 / 叠　盼

224 / 癸卯年腊月十六补记

225 / 寄春君

225 / 行山居吟

226 / 津门行记

226 / 浮来山一游

227 / 西塘新宠

227 / 菩萨蛮·望黄鹤楼

228 / 西江月·忆滕王阁

228 / 画堂春·西塘曲

229 / 菊花锦·捻风拂泪

230 / 后　记

第一辑

乐章

二月，南山的雪已融化

敬 春

万物，在凝眸中渐次苏醒，
——河道，敞开闭塞的心扉；
一簇雁阵，正衔风归来。

早春喝退寒蝉，矮草丢掉枯衣。
而我正学着——
豢养晨露，祭祀光阴。

于是，我俯身，昂首，跪拜，
一次次重复，为积攒半生的烦恼
瘦身！

原载于《艺术家》2023年第7期

倾 听

推开冰层，是一江春水，
荡漾着冬的背影。
我从一树枝丫探出头来，
与一只黄鹂对视，又一同欢喜。
草籽在泥土中长成，
像一片有光的天空莅临。
哦，昨夜的风开始温柔，
如同我的目光，递进安详的村庄。
有个姑娘在歌唱，
远山上的树在听，野花在听，我也在听。

原载于《诗歌月刊》2022年第8期

植 树

植一棵树，树名叫星星，
种在一个可以发光的地方；
无须装饰，也无须喧唱，
只要同心同德，只要坚定信仰。

植一棵树，树名叫月亮，
把它植入海洋；
有潮汐的心，也有澎湃的理想，
从不低落，从不哀伤。

植一棵树，是你我共同的树，
树的名字叫星星，叫月亮，也叫太阳！

原载于《参花》2022年2月（上）

夜　莺

我从乳泉滴沥的石穴上
扯出几沓无形的月光，
像从你的喉咙
扯出一串美妙的歌声。

子夜的星，是你写下的相思字，
每一个字形都生成了故事。
草露，因你安静地笑，
林间的风，因你仰慕爱情。

是谁啊，把鼓楼的灯
连接到我的世界？
使得我蠢蠢欲动的心，
像花儿一样绽放。

原载于《民族文汇》2023年第3期

希 望

我们一直在路过，
不是不想停留，
而是因向阳的橄榄枝
一直在招手——

如果你问我生活的希望，
我想告诉你，
当一颗种子种下，
它一定是朝着破土的方向生长。

如果你说前路漫漫，
我想告诉你，
通往乐土的每一座桥
都链接着我们的思考。

当一枚星子凝入智者的目光，
它一定是在破晓前
划过黑暗，滚落心头。

原载于《参花》2022年2月（上）

行心记

道路两旁，有风，
眼里是蔓藤垂树，半枫红。
透过树影的浅阳光
与鸟儿一同吟唱，
恰好与此时的人间对应。

河床上的草露
隐匿着小小的悲伤，
而我的灵魂，波澜不惊。

前行的路上，
是谁饮尽玲珑盏，静等陌上
飞过几只流萤？

此为深秋的滤网，
滤过了多少雾峰、暖阳？
又辞别了几回深情的故乡？

离人渐远，何人对镜梳妆？
怕是有一壶心事
与梦成行。

原载于《诗选刊》2023年第9期

蝼蚁之路

隐隐作痛，像琴弦拉破手指的颤音，
在我裹挟懦弱的视线里
听老树昏愦地呻吟。

一种不可名状的酸涩
在枝头摇曳，像月光
摇醒岁月之痕。

一处巢穴，有无数只蚂蚁出行，
像某种迁徙。
我以无辜的姿态，与此分辨，
其实，我也是其中一只。

原载于《猛犸象诗刊》2022年8月19日

心花怒放

草绳拴不住奔跑的羊群，
春风恰巧拂过心花。
云烟覆盖一座城，
有种爱在发芽。

红尘的门扉，跳出欢喜，
相思树已长成。
晨露结着你的笑容，
我拥着你的四季走天涯。

你被放大的身影，
在地平线上升起一轮月亮，
乌鹊看见了，我也看见了，
——二月，南山的雪已融化。

原载于《海燕》2022年第12期

致我书

一缕阳光，悬窗成像，
像三角形的建筑，印着蓝天的花样。
那是从我心底射出的一道风影，
错落有致，又秋水绵长。

——这深秋的冷，不能阻挡我灼热的目光，
更不能阻挡我，对人间的种种渴望。
前行的路上，有时泥泞，有时令人慌张，
但脚下的车轮，却一再奔向远方。

我不能停歇，也不能怠慢星象，
那里关于我的，应是击筑而歌的绝响。
原来，路的长短，不止于对生命的丈量，
——一个灵魂的觉醒，与一个灵魂的消亡，
一定接种着某种独特的光芒！

原载于《辽河》2022年第6期

别离情绪

秋啼的风把梧桐树摇响，
田野里的稻草人正在瞭望远方。
而我，悄悄种下一颗相思的种子，
渴望来年再与你重逢。

如果雕背山上的流溪
可以洗涤世间的沧桑，我愿将
血管里的流液与其相融。
呵，归棹的心，譬如今晚的明月，
不知被谁咬去了一半儿锋芒。

别离如一曲秋歌，哼唱着我的苦涩，
暗影婆娑，舞着痴情的目光。
蝉鸣，蛙鼓，琴声，
在我的耳畔叮咛，而你
一袭青衣，入我惆怅。

原载于《江河文学》2022年第5期

货 郎

沿街的叫卖声，滑过耳鼓，
像泥燕闯过雨幕。
生活的锁，一把又一把，
却锁不住他们的喉咙。
城市的楼宇，乡间的地头，
有零星的身影，丈量着
春花、夏草、秋树。
眼里是归家的门，
脚下是前行的路。
泪水在心尖儿打转，
微笑，始终破茧而出。

原载于《雨露风》2022年第9期

本 心

无云的天，在眼底藏匿着，
像藏匿着一个纯净的世界。
我想，花落成泥也是一种开始，
如蚕蜕变，把重生演绎到底！
草经风霜，才能亲吻春光，
花枝向阳，才能绽开笑容！
瞧，树影摇晃，晃出夜的斑斓，
斑斓的路上，我与执念同行。
即便此时我身陷泥潭，那又何妨？
时间轴在地心滚动，定会碾压出
一个成熟的理想！

原载于《雨露风》2022年第9期

独　奏

落叶以妥协的姿态飘落，
秋风以傲慢的姿态送别。
炊烟叫醒游子，
蛙鸣叫醒寂寞。

故乡是壶酒，异乡是碗茶。
弦月无弦，云雾笼罩心窗，
爱变了颜色。

你爱无数个你，我爱无数个我。
花落成泥，有无数颗种子
埋进黑夜。

原载于《辽宁青年》2023年第3期

瓷 画

瓷壁上的雪
覆盖着雪，覆盖着冬，
也覆盖着枯荷的目光。

我的缩影，如梦，
嵌入画中，
从某个根茎开始昏沉，
也从某个词牌里苏醒。

我自其中，
不成翰墨，不成丹青，
只作一缕闲风。
不带一个冷字，
却似多了许多悲情。

原载于《北方作家》2023年第1期

立冬前奏

秋风扫叶，扫不尽虚晃的红尘。
山房静观，我又怎能洞透这善恶人心？
寒烟如你，包裹着浓浓的思念，
我又如寒烟，路过这个泠泠的夜晚。

我想，苏醒的开始，正是梦的结束。
此刻，霜色凝重，像我匍匐过的人生。
我只好在枯草间，播下爱的种子，
等某个时候，开成雪一样的白莲。

原载于《南方文学》2023年第1期

六 花

你独有的白，独有的轻，独有的花开，
在我独有的土地，独自地来。
梨花似的嘴角儿，莲花似的眉眼，
好似，云朵驾风着陆，
又好似，织一件无孔的毛衫。
你在冷的世界舞蹈，在暖的江湖顿悟，
与路，与桥，与树，与草，与万物一同
还原我的本来面目！

原载于《南方文学》2023年第1期

赠 予

我无法让残夜
给你披上霞光，但我可以
把温暖的目光赠予你。

或许，春天只是一个美好的词，
但我依然想把余生——
赠予你！

原载于《中原文学》2024年2月刊

八月，你眸子里的光影

八月，秋色展露锋芒；
从天到地，都转换着颜色——
谁还要管这些了，
我只重视你眸子里的光影，
是琴瑟和鸣，还是云淡风轻？

原载于《艺术家》2023年第1期

闯　关

我准备好了一条绳索，一把巨斧，
在崖壁之上，开凿一条路——
路的名字叫生存，也叫孤独。
我是一名孤胆将军，一名小小石匠，
一面为"痛"攻城略地，一面为"爱"镌刻碑文；
一直以攻克光阴为重，一直以标记忧伤为荣。
我问过流浪的风，为何如此无形？
风说：有形的是牢笼！

原载于《青年文学家》2022年第6期

说情绪

情绪无形，生着有色有味的魂，
爆裂时如火，温和时如泉。
如果你是主人，请将它圈禁，
以免，伤己又伤人！

世间我们拿不起的事物
权当与我们无关，譬如那些
我们抓不住的风，以及疲惫的光阴。
庸人自扰，说的是庸人，
此间，我们要做个慵懒的人！

原载于《南方文学》2023年第3期

信　笺

夕阳是大地的盖头，落月是
你的眼眸；我在他乡一角
借一滴甘露，做你的唇釉。

当炊烟裹紧记忆，你的发髻
插满玫瑰，我会把
拂过的春风留住。

原载于《胶东文学》2023年第12期

乡　情

故乡是一口深邃的井，游子是
这井中涌出的歌声，我们都在
渐行渐远的路上回眸。

长风将息，是谁的明月
装满整个秋？那是
思乡的人儿啊，在雕琢
你的美好！

原载于《胶东文学》2023年第12期

暗 示

推开门——
风在追它的雨,
燕子在筑它的巢。
我想,春已到。
瞧,野草结着它的晨露,
人类在觅着他的江湖。
形形色色的诱惑,
在填充着某些事物。

原载于《文化月刊》2023年第2期

空巢老人

祈福灯下孱弱的身躯
以各种符号
串联着暗淡的心。

故乡的槐树枝头，有一种
来自外界的声响，在唤醒
即将南飞的赤雁。

村口的老黄狗，
应和着草舍不知所措的炊烟，
与天上的流云，一同烦乱。

空巢老人，对着四季
种下早春的种子，
却收获不到金秋的圆满。

原载于《鸭绿江·华夏诗歌》2021年第10期

母　亲

是谁，推开了
那扇不曾虚掩的门，
一如我的心门。
是您吗，还是路过的风，
若隐若现，撑起我不曾凋落的梦。
那里有故乡的泥泞，
有着花蝴蝶的萌动，
也有我割舍不得的念想。
雏菊花在您的坟头绽放，
一如您在我的眼里滚着泪光。
我就要朝着您的方向，
抖落我的青春，抖落我的沧桑。
总有一天，我会贴着泥土的芬芳
与您重逢。

原载于《奔流》2021年第11期

提　醒

那高矮灵魂的交错，
如浪滚着潮汐。
青涩都在枝头摇曳，
熟黄总要落地。
过去已成空中楼阁，
触手可及的才是开始。
我们应以高尚的行为，
抵消苟且的私欲。
抱以谦卑的视角，
去兑换每一个活着的日子。

原载于《奔流》2021年第11期

提 及

愁心有霜，霜上有残留的夕阳。
星子划过，梦想被流年埋葬。
你掸过的尘，跌进我的双眸。
我吻过的空气，有泥土的哀伤。

生活，分娩出无数个我，
每一个我都在奔赴死亡。
哦，原来路的尽头有文章，
——山是居所，海是故乡！

原载于《南方文学》2023年第3期

无　助

母亲在土里蛰伏，
老屋的烟囱哭哑了喉咙。
岁月的门，开了又关，
总有一些苦痛，会溢出。
我被娇惯的心，终于滚落在
泥泞的路上，从此是
雨的靶子，风的俘虏！

原载于《新浪潮》2023年第1期

叶脉上的纹路

绿色的记忆，在生长中
排列成关于春天的符号；也在
一次次飘落的时速里，留下
毕生的追求。

你看啊，每一棵树
都是一个故乡；每一片叶子，都是
大地的孩子。

那叶脉中的文字，从雨露中
学会接受欢笑，也从西风里
懂得随遇而安，多像我们的人生啊，
在起伏的山峦中得到升华！

原载于《扬子江》2024年第4期

流水的扉页

我翻开的，是一条河流，
河流中，有无数个熟悉的名字——
里面只有你，是我阡陌之上的春天。

哦，你来自你的欢喜，我来自
我的喜欢。哪怕穷极一生，我也要
将这一程山水走完。

在我的四季里，没有迟疑的风，
只有迟到的人。我无法替代你的曾经，
却可以将现有的生命，同步到
你的余生！

原载于《扬子江》2024年第4期

以青春为名

青春是一枚掉落湖底的石子，
又因一季落黄，而被
淹没成象牙塔里的宝石。

我们可以从一段文字里
去辨别墨绿色的自己；
像你，由浅入深，定格在
我拥有过的世界。

哦，我无力拉回你的倾国倾城，
却只能在眼角的皱纹里，偷影一个
你的春天！

原载于《青春》2024年第10期

成　全

黑夜成就星星，路灯成就出行的身影；
你看，有心的人，总让人欢喜！

土壤可以成全破土的草木，山峰可以
成全登顶的生命；而我们，可以
成全那些发光的金子！

原载于《岁月》2024年第12期

第二辑

水调

一半寄存欢喜，一半收拢惆怅

使 命

春蚕种下一季芬芳，桃李
争一席之位。
愿无悔的心灯，能撑得起
无数个憧憬的身心！

昨夜的芽黄，今日的草绿，
都是爱碾出的春天。
那孜孜不倦的风，让有你的四季
乐此不疲！

原载于《读者报》2023年3月23日

我在等

你的窗灯亮了，我的眼眶湿了。
蠕动的日子，淹没了莲的语言。
你我将月影分成两半，
一半寄存欢喜，一半收拢惆怅。

原载于《广东文化参考报》2023年3月16日

萌动的春天

凝寂的心，闭合着灵动的眼——
譬如朝露，簪着七彩祥云；
譬如枯草，探出芽色的欢欣；
譬如河水，流淌着舲船的灯影；
譬如，你我——
啊，这是谁的萌动？
叫醒了尘埃里的春天！

原载于《文化生活报》2023年3月21日

开合的心

开合的心啊，涂抹着
一缕会笑也会哭的风——
那是谁的消息，投影在
蔚蓝的眼底，犹如不灭的烛光，
浮动着不曾被阻隔的春意？

如果青山会老，绿水会枯竭，
就让相思的泪，化作护花的泥——
问候着关于你的夏蝉冬雪，
问候着关于你的春华秋实！

原载于《文化生活报》2023年3月21日

这经年不减的相思

借一缕遥远的风，
让余晖里的疏影亭亭玉立；
我轻轻地叹息，
这经年不减的相思——
那是《钗头凤》里的别离，
那是《一剪梅》里的悲戚，
那是晚晴里斗艳的妙龄少女，
那是早春里用不尽的春意。

借一盏华灯照亮凄迷，
在九转天地间寻觅；
我轻轻地叹息，
这经年不减的相思——
那是浮在水草上不归的舟楫，
那是低吟在月畔的千里孤寂，
那是漫天星光里的自言自语，
那是我的，永远的你！

原载于《文化生活报》2023年3月21日

晚 安

熟悉得不能再熟悉的街道，
是你的气息染红了夜的风情；
不舍，却依旧道一声，晚安！

那是浓墨重彩地勾画，
涂抹着两颗轻柔的心；
把一切言语都交给沉默，
譬如朝露凝着她的白莲。

遥远得不能再遥远的近身思念，
是你的眼神拨动了我的丘比特箭；
是清新伴着甜美的嗓音，
一句晚安，便不知天上人间！

原载于《文化生活报》2023年3月21日

无　忍

我戒不掉的善良
叠着忧烦，叠着暴躁，
像寒酥叠着冷风，冷风叠着嘶吼。
这里有一面镜子，照着两张面孔，
成熟的，开始返青；幼稚的，开始泛黄。
是谁在质问我：载得动这轮春秋？
是He，She，还是You？
一边默念离心咒，一边假装示好！

原载于《山东商报》2023年3月10日

赤裸裸的折磨

聒噪的身体没有宁静，
疼痛，没有方向。
冷与暖在碰撞，
我抑郁的心在发疯。
早霞穿过什么牌子的衣裳
——我忘了；
落日脱下什么款式的裙钗
——我已分不清！
喝杯热咖啡吧，
缓一缓凉薄的世界；
再喝一杯烈酒，
醉一醉不听话的神经。
活着，就只剩下
这一副被啃噬的皮囊，
连带着灵魂变得肮脏！
"树欲静而风不止"，
我欲止而命不听！

原载于《山东商报》2023年3月10日

没头

我有一座荒山，一口枯井，
一身残喘的光阴。
我不知将以怎样的弧线坠落，
像流星，像流萤，还是像悲鸣?
咳，我处有风，沾着冰透的雨
在我心底翻滚，不知翻出多少孤坟。
有人说：归心似箭，入土为安。
而我却无箭可射，也无地可恋。
——我自少年，就故事满满，
无爱也无暖，倒像一件出土的殉葬品。
你们是明刀暗箭，我是逃不过的靶心，
不是我无痛，也不是我愚钝!

原载于《山东商报》2023年3月10日K2诗世界

茶 人

试着把茶的余韵
凝成一门学问，在沉与浮的
考究中，读懂红尘。

我要做一个懂茶人，
将茶坞的风，卷成一个
玲珑的茶盏。如果可以，
我要蹀躞在里面，用心去聆听
泉水的流音。

倘若，尘心被禅意所染，
世间或许会少一个哀怨的灵魂。
当一个庸人悄然死去，
上了锁的心门，
又有谁能窥见？

原载于《速读》2021年第9期

挣　扎

我从坍塌的地窖逃出，
像慌乱的蚰蜒逃出地心。
我的触须所能触及的光圈儿在缩小，
像我缩小的身形，渐次荒芜。

薄雾笼罩着早高峰的地铁，
形形色色的心奔赴死亡。
大概是，匆忙的脚步没有终点，
春天早退，向阳花一朵一朵地开败。

瞧，狗尾巴草结着它的卑微，
折翼的天使流淌着别人的眼泪——
梦醒来，依旧是梦，
是梦不愿离开！

原载于《山东商报》2023年3月10日

祭奠屈原

就在汨罗江裙畔，
想与灵均狂洒，
恨不能穿越千古。
只好借洞庭湖的水，
声诉一江愁怨。
与君别在秭归故里，
这一腔云思如热浪涌上天涛！
思君当年《离骚》纵横南北，
尔后《楚辞》家国情怀盖闻天下！
难掩灵魂呜咽的《九歌》绝唱，
《九叹》不足以慰君在天之灵！
常以《九思》寄我之情殇，
《国风》再续君之大成！
曾想秣马厉兵还君万里河山，
怎奈风云莫测，粽香已盛千百年！
长痛天下与君共思量，
失君之痛！缅君之情！
呜呼，哀哉！钦慕君之壮烈！

原载于《山东商报》2023年3月10日

伪命题

是谁怂恿阳光，从天上
跳到我的身上？让我误以为
自身有光。

他们为我种下的六种爱啊，
都像命运设计好的陷阱，
由始至终，我爱无一生还。

我定睛去瞧，那些熟睡的草本
长得很像风水先生的卦象，
却不是我要收获的善良。

原载于《山东商报》2023年3月10日

钟山纪事

归隐钟山，
我是逍遥人。
静谧的流水拨动我的琴弦，
绕着竹畔向西，
带我与花草共度春风。
啊，这山，有动听的魂，
从我的耳，我的眼，漫过我的心。
我与茅檐对视而笑，
笑看此间日月星辰。
偶尔，有鸟儿悄声飞过，
唯恐扰我这一帘清幽。
这恬淡，优雅得从容，
优雅得与世无争。
但愿我心，
可以永远宁静！

原载于《山东商报》2023年3月10日

蝉　声

我隐隐不发，在老树的枝头蛰伏，
像一只不会叫的蝉。
那些粗鄙不堪的人，易辙改弦，
从我的肋骨抽走一道闪电。
我已无须向谁叩问：
丢失灵魂的身躯能走多远？
自私是一个没有道德的牢笼，
贪婪是一支射穿本性的利箭。
我不去争辩，不是哑口无言，
而是要给无辜的人一个鸣叫的春天！

原载于《山东商报》2023年3月10日

雨日说

我颗粒状的忧烦
穿透雨帘在栏杆上偷懒。
风裹着阴霾的云
在我贫瘠的心上作乱，
像是一场兵谏。

我多想像那只麻雀
躲在屋檐，听美妙的琴音。
只是，我的耳朵，
早已闭上了闲情的眼。

我想问星君，为何不见，
是不忍直视，还是
不能容忍一个迷途之人？

我还是哽咽在
一处旧墙边，
与潮湿的土地
掏一掏心。

原载于《山东商报》2023年3月10日

叠 我

北方的城市有你，
南方的城市也有你，
我在有你的城市
寻找你停留的痕迹。
你有许多名字，
一会儿叫植被，一会儿叫晨曦，
有时也叫流水。
瞧啊，破晓前的薄雾里
有一根拨弄琴弦的手指
在拨弄我沉寂的心。
听，是谁在扶桑树下吟哦，
像是大海的涛声
要把我的世界淹没？
哦，原来是你，
是我的另一个我
在复制某种生活。

原载于《山东商报》2023年3月10日

对 镜

一个纠结的灵魂
对视一张陌生的脸，
在熟悉的镜子里
像两个不相干的人。
我被什么分解成了
两个貌似的身形，
在踽踽独行的光阴里
无休止地抗争。
我想，如果我是一朵花
就该以娇艳的姿态
走向枯萎的方向。
如果我是风，就该以四季的名义
喜怒无常。
我晓得，我的来处与去处
应是两个对立的地方，
就像生与死，
丑恶与善良！

原载于《山东商报》2023年3月10日

留 声

死亡的弧线太长，
以至于裹出许多忧烦。
没有人能懂我的语言，
因为我是风一样的人。

我一直挣扎在悬崖之上，
抽取着属于自己的星光。
眼泪不停地流向湖泊，流向黄河，
这是要把我抽象的心安葬。

哦，人间的四月，大概是别人的春天，
而我的四月，像一道划过的闪电。
我的念叠着针松的念，躯壳却不愿
叠着它的年轮。

我来时如此干净，就怕走时
带着无奈的肮脏与满身的伤痕。
故而，我不愿睡去，也不愿醒来，
怕无药可医，也怕无可替代。

原载于《山东商报》2023年3月10日

一人江湖

一撇一捺两条对立的弧线
交叉在一横一竖的路口，
那光晕中凸显的身形
像一个左右移动的符号。

嘈杂与心跳争鸣，
我与我抗争，
一如冬雨决战春风，
野草与野火抗衡。

我的方向是向上悬浮，
无息又无声，似一种气泡，
从别人的目光中
扯出一种自由。

原载于《山东商报》2023年3月10日

苦命人

我的野兽在我灰暗的心底嘶吼，
它探出一只无形的爪子，
扯出沙海，扯出深渊，
扯出一条沉重的锁链。

你不会懂，它也不会懂，
只有外面的枯枝在嘲笑，
嘲笑懦弱的人在用泪水清洗伤口，
又用粗糙的手撕裂伤口。

看，那冷月光拉长了树的影子，
像今晚路灯下我孱弱的身形在摇晃，
摇晃得非比寻常。

大概，世间最不愿醒的梦总会早醒，
在无声无息中包裹着最后的绝望。
此间是谁呢，褪去了青涩的目光，
饮一壶老去的风，听信死亡？

原载于《山东商报》2023年3月10日

你不是你

烟风弥漫，双眼被蒙蔽，
你是我掐不灭的烟头。
爱被点燃时，心里有火焰，
落在稿纸上的文字，每一行
都带有火星儿。
可我这负重的心啊，像晚耕的田垄，
每一寸都残留着星光；
而这星光，不过是由萤火虫
组成的妄想！

原载于《万象》2024年第2期

一湖心事

今夜，烟波如你，
当蝉鸣拉响风声，
风歌撩动树影，
所有的月光，都是
相思后的种子。

当早秋泛起波澜，
你的笑容蘸满霓虹，
我想，蠢蠢欲动的，何止是
一个人的心声！

原载于《青春》世界文学之都版2024年第10期

歌头

第三辑

我忘记了，生命的一角有你吻过的年华

芦榛熟了

凝露，霞光，
在芦榛的头顶站立，
那娉婷的暖啊，扶风摇曳；
她羞红的脸颊正暗示，
来者，为爱瞻礼的欣喜！

原载于《家庭周报》2022年8月19日

春步调

东风卷着北风，卷着迁徙的星空，
也卷着村庄里半睡半醒的灯笼。
我走在那条深长的、忧郁的
一眼望不穿的小巷，
听着一群鸟儿对春的渴望！
是时候，等一场春天的雪，
让僵硬的大地
回暖，回故乡。
瞧，探出头来的枝丫，
正举着人们关注的目光——
那是一个个被缓缓拉长
又快速缩小的冬！

原载于《家庭周报》2023年3月31日

忘记了吗？

今夜的雨水，划过眼角，
划过皱纹，划出一道闪电；
它以弧线的姿态，
问候我的人间！

我忘记了，庄稼有感恩的心，
人们有收割的喜悦；
我忘记了，生命的一角
有你吻过的年华；
我忘记了，风吹响风铃
是为了唤醒我的童真。

此时，我只能以沉默的方式，
把尘埃装进瞳孔，把心门
关闭，让慌乱的世界
得以平复！

原载于《都市》2023年第12期

没娘的孩子

雪珠撞击着雪珠，
也撞击着我所在的地球。
它以无形的力量横空出世，
像海水席卷沙洲，
又像钢刀插入心头。

只是儿不愿睡去，只是娘不再醒来。
我踽踽独行的人间像一个牢笼，
即便春在眼前，
我开裂的心依旧无法缝补。

二月的风总是无理取闹，
像个孩子似的在我的脸上抓挠。
我也曾是娘的孩子，
也曾像风一样无理取闹。

昨日潺潺，如流水不复，留给我的
仅一记水痕，一记不能放生的灵魂，
在没有娘的日子里
画着杂沓的孤独。

原载于《家庭周报》2023年3月31日

壁炉的爱

壁炉的火舌头，舔着寒冷的空气，
也舔着我红透的脸庞，
像父亲的目光，灼伤我的眼眶，
在此间，与春水各自流淌。

哦，春天来临之前，
他是一盏希望，
冬天结束，
他又会化作一缕隐匿的光。

他来，是因我而来，
走，也是因我而走。
我问窗外盛开的梅花，
有几朵，是为了他？

原载于《家庭周报》2023年3月31日

明心记

我要一层一层地剥掉
那些假仁、假义、假关心，
在废墟之上
捣毁一切与废墟相关的废墟。

去摘得一串宝葫芦吧，
把阴暗的、潮湿的、游离的碎片装入，
幻化成蓝色的海，尔后
在天的尽头溢出。

我还要在经过的土地上
种下悬黎与垂棘，为后来人
照亮前行的路。再用五种上等花叶
提取五色之光，酿一壶灌醉风尘的酒！

原载于《家庭周报》2023年3月31日

我是一种属性

我用身躯丈量着夜的深度，
用拔节的目光，扯开夜的孤独。
也许，没有人知道，我是
一方草木里的风，或灯光下
不愿醒的人。

当破晓的钟声打开泥土，
我会不会以一株植物的名义探出头，
像一个婴儿走出母体，蜕变成
另一个自己？

原载于《匠心》2023年第5期

二月十四

天上的明月勾勒着地上的月光，
我在两点之间，望着秋水中的故乡。
青山衔着丘陵，芦草叠着旧时的春风，
你的身影被泪水分成两行。

是一盏昏黄的橘灯，唤着睡去的鸟鸣，
在稚气未脱的梦里吹拉弹唱。
转而，一团过气的雪花
覆盖了一沓新的惆怅。

我爱的蝈蝈笼子，已被尘烟埋葬，
像被埋葬的青春，一直未醒。
路过的寂寞太长，有长城那么长，
围绕着异乡，不见爱人模样。

我想摘一颗有你的星辰，
荡着你荡过的秋千，
问一问，你去过的远方，
也看一看，我们一起走过的牧场。

原载于《长江丛刊》2022年第4期

表象世界

气泡套着烟圈儿，
你看不到气泡。
我在冬天攒着春天，
你看到了雪的深度。
哦，黄河的源头仅有碗口大小，
却养育了炎黄春秋！
那些浮于表面的华丽，
都隐藏着佝偻的缺口。
原来，我从无知奔赴有知，
欢喜依然附着我的忧郁。
难道，我只能以泪开始，
又以泪结束？

原载于《家庭周报》2023年3月31日

西湖艳影

摇橹在西湖，晃得是西湖光照，
晃得是桃红杏俏，冷风瘦！
这儿有佳人捧觞，
无觞，也无酒。
是那莺歌燕舞，是那秋波流转，
只醉得烟尘，画舫，香绡。
"雷峰塔影"不见，"苏堤春晓"不见，
"南屏晚钟"等等都不见！
只见她——
在烟波里回眸，在灯影里含笑，
不似春风来，却似春风闹！

原载于《家庭周报》2023年3月31日

遇　见

从我到你，不过是
一个字的距离，在注定的日子
认出彼此。

那一定是前世的灵魂，裹着
彼此的星辰，到今生——
来铺陈彼此的晨昏。

那一定是最好的礼物，藏着
温暖的眼神，在开始中开始，
在遇见中遇见。

你来，所有的花，都因你
而盛开；你走，它们又因你
凋敝了颜色！

原载于《新浪潮》2024年2月（上）

过 冬

霜露结在我的肤层，
从表皮到骨头。
大概是寒日遇到了隆冬，
我的手被"小小"冻伤。
都说，这是逆行者该有的航道，
攀登，止滑，再攀登，终将"我为峰"。
哦，四季风，早已发出危险的信号，
只是我，不忘初心！
我有一万个相同的执念，
从生至死，不会停息。
救赎，将由我开始，
向无数个你蔓延。
一路蜕变，如蛇，如蝉，
亦如一盏灯，灭了又燃。
人生是一个禁欲的过程，
忘我，才能圆满！
日月之光，是为爱而生，
不论性别，不论过往！
相信吧，冬的尽头一定是春之拂晓，
树之萌绿，花之妖娆！

原载于《家庭周报》2023年3月31日

底 爱

我从小城来，带着四季风，
寻着你的气息，唤响爱的风铃。
我们的那些脚印
曾踩过朝阳，蹚过月光。
如今，花儿已绽放，
却不见你的模样。
呵，天上的银河那么长，
却没有思念长。
我像一个稻草人
在孤独中守望，
守望着相思树下曾有过的梦。
我怕呀，有一天会醒来，
醒来后，一切都将化成泡影！

原载于《家庭周报》2023年3月24日

秋　思

风掠过草场，与秋虫一起
叫醒秋的寒凉。
我像光阴里的过客，
用几行歪扭的字迹
敲打着颓废的篱墙。

秋出樊笼，必将化作寒冬，
而接近春天的
是谁的心脏？

我思念着该思念的人，
你忘记着该忘记的伤痛，
别样的问候
拾捡着散落的目光。

这烟尘里的悲欢，终究要释放，
那一行行离雁，一阕阕秋花词，
告知我们，世事无常！

原载于《家庭周报》2023年3月24日

致曾经的爱人

我曾问过你——
风吹过的方向
是否有花儿绽放的光芒?
转眼,十几年不见,
空气中弥漫着思念的疼痛。
曾经是一扇关闭的门,
如今开放的世界
再也听不到你的声音。
人海之中,我是一个被遗弃的人,
而你呢,是否已家庭美满?
城市的霓虹,光彩更甚,
只是今晚的月亮,不圆。
信一封封寄出,一封封退回,
原来,地址已空,如我枯竭的爱情!

原载于《家庭周报》2023年3月24日

呻　吟

生活像轰隆隆的地铁
在地心穿行，
要将沉睡的人们
带往一座光明的城。

啊，迷途的羔羊，你们可知
前方是布满荆棘的长沟，
后方是千里荒丘——
停留或离去
都不是一种救赎。

挣扎的日子，
风吹不落的孤独在争吵。
他们，是否在争取
所谓的自由？

瞧，路的尽头，寒烟缭绕，
枯藤、老树在苦笑，
寒鸦、流水在痛哭，
你我跳动或停止的心
在撕心裂肺地怒吼！

原载于《家庭周报》2023年3月24日

说晚安

今夜的晚安很长，从一群人到一个人，
像今晚移动的剧目，从银河到桂殿。
呵，目光与灯光对视，毫无遮拦，
一点点温暖，又一点点变淡。
屋子暗了，窗子亮了，外面与我无关，
厚厚的被子，哄睡我一身酸痛、半周疲倦。
梦将上演，不是"春山可望"，就是"户列簪缨"，
其实，午夜已是尔等人间。

原载于《家庭周报》2023年3月24日

我　们

我像一湖落潮的夕阳水，
在我们离索的流年里
泛着五味杂陈的哀叹。
而你，依旧是一朵向阳花，
在我思念的田野上
尽情地绽放。
我笃定，世间的美好
皆因有一把温暖的钥匙
开启了你封闭已久的心门。
而美好的消失，
皆因我们的世界
被冰凌一次次覆盖，直到
感知全无！

原载于《家庭周报》2023年3月24日

隐匿的伤

一盏橘灯下，跳跃的文字
与目光重叠，像久违的春风
叠着久违的消息。
夜，漫过我孤独的身体，
疼痛与疼痛碰撞，犹如烈酒
划过我撕裂的喉咙。
思绪像天边的云，飘浮不定，
草籽在我心底，破土而出。
闪烁的星子，像熟悉的眼睛
要把我脆弱的灵魂击穿！
我要以怎样的心态，
去度量秋波里的纯情，
像度量我余下的人生？

原载于《家庭周报》2023年3月24日

我

我用一条绳索，捆绑着冷冷夜色，
风在耳边呼啸，像是一种警告。
一只无形的手，透过今夜的烟雨，
在我的心上探索，我知道
这是一种不祥的征兆。
此时，唯一能支撑我的是
另一个我，他像一盏灯，
更像一处安逸的星光。
我想，如果可以
我愿用十年的寿命
来换一场梦，
这梦，等来世再醒。

原载于《家庭周报》2023年3月24日

孤独是一首诗

你以落雪的姿态，
跌进春天；
我以春阳的表情，
逢一场秋霜。

当疲惫锁住风声，
阵痛捆绑欢乐；我只想
醉一醉自己的神经！

当世界，在我眼中
叠加着你的颜色；当诗行
溢出寂寞；你是否
会在红尘中
选出一个我？

原载于《都市》2023年第12期

不可言说

人间没有一处云烟
是为消散而生，
也没有一处树冠
是为枯萎而摇曳。

我来，作为光的支点
插入夜的心脏。
我走，作为风的枝节
卷走弯曲的倒影。

如果生命可以被抄录，
我将会把多余的部分移除，
——只是，这个世界
没有如果！

原载于《家庭周报》2023年3月24日

迥 乎

我有我的烈日，
不是你指的光明，
是地平线探出的目光。
星子闪，闪的是人间的愿，
雷电闪，闪的是我落寞的心。
如果，我有一束用血染成的玫瑰，
它一定不代表爱情。
你走了，风还有四季的身份，
而我走了，只是多了一个遁世的人。

原载于《家庭周报》2023年3月24日

深陷俗尘

闲散的目光，如今夜的星光
被一把吉他，一串鸟鸣唤醒，
像藤蔓探出心扉。
哦，即便我化繁为简，
仍在尘世的漩涡里挣扎，
像一壶沉浮不定的茶。
这深不可测的天空
倒映在湖面，像前世倒映在今生，
又不尽相同。
大概是，新旧灵魂交错的缘故，
耳畔的嘈杂，都是幻听。
我在醉与醒间寻找答案，
只寻得几处风烟。
我想，不是我忘记了来时的路，
而是忘记了事物本身。

原载于《家庭周报》2023年3月24日

致卑琐的人

对于你，索取是一种本能，
付出，像是一个闲置的动词。
你的平衡就是
利益永远趋向于你，
否则都是仇敌。
你忘了，氧气给了你呼吸，
水和食物，是你生存的基石；
阳光与月光，一直给予你
昼的光明，夜的亲昵！
而你，偏偏用卑琐的心
去度量人间的暖。
百花，为你而汗颜，
万树，为你而震颤！

原载于《家庭周报》2023年3月24日

我之心

我要撑开的
是一把无形的伞，
伞下是"流浪者"的家园。
风在此间羞涩，
雨在此间腼腆。

我还要借用智者的目光
捻成灯芯，
为那些早已熄灭的心灯
植入燃点。

是的，我残损的身躯
无法撑起一座巍峨的高山。
但我想，至少可以化作一湖碧水，
去载动几艘来往的渔船。

再不济，化作几许尘埃
覆盖那些喧嚣的声音，
让骚动的，或离索的世界
回归本来。

原载于《家庭周报》2023年3月24日

麻 木

我干涩的眼睛，杂草丛生，
仿佛从未有河流经过。
故事堆积如山，
像柴草失火。
呵，我该从哪个细缝抽出月光，
给生活点儿希望？
那五花八门的痛，
招惹着我紊乱的神经，
使我理智失衡。
我多想以几尺身躯筑一道墙，
一道经得起雷电的墙。
可是，一切都是脆弱的想象，
像虚无入口，入心，入人间。

原载于《家庭周报》2023年3月24日

我是一个人

孤独的火焰，像星火燎原，
我知道，世间再无贴心人。
没有一层浪，是为我而呼啸，
也没有一种幸福，是为我而来。
我从一处泥潭迁徙到另一处，
每一处都是一种灾难。
既然我走入不了你们的心，
那就化作一缕无情的烟，
在风起时，独自消散。
如果，思量上瘾，
我宁愿把记忆割断，
像饮干孟婆汤碗。
咳，你们永远不识我的好，
一切都是我一厢情愿，
譬如我相信
爱，四季如春。

原载于《家庭周报》2023年3月24日

诉 心

我五彩的心被一件件琐事分割，
分割出许多火山，冰川，河流。
我要借用今晚的月亮，去照亮暗黑的自己，
不是救赎，也不是索取光明。
我只想用纯洁的信念去替换肮脏的灵魂，
在还未结束的生命里缔造一种平凡。
瞧，季风吹乱了四季，矮草依旧卑微地生长，
没有人去厌倦它，也没有人特意去歌颂它，
如我，孤独地探索着眼前的世界。
乌鹊的鸣叫声划过耳畔，
没有什么值得欢喜，
像我从未吐露过的悲伤。
红尘的表象滋长着令人艳羡的风景，
风景的背后，有许多鲜为人知的故事，
像一团乱麻，更像一群慌乱的蚂蚁。
呵，如果我今日消亡，明日重生，
谁的眼泪可以汇聚成一片海洋，
使爱者在摇晃的小船上歌唱？
应是一道闪电，一种矫情，
像令我仰止，又渴望的真情？

原载于《家庭周报》2023年3月24日

淡 然

月光收割着长满露水的思念，
是为了让我起伏的心回归宁静。
花松摇曳着斑斓的夜，
是为了让我与聒噪的痛就此作别。
迁徙的日子，如履薄冰，
我像随风散落的草籽，
在寻找扎根的土壤。
等风停，雨住，吟一首诗，
谱成曲子——曲风是
把荒芜还给荒芜。
从此，做一面无形的镜子，
揉碎杂念，沉浮如茶，
静止如花儿！

原载于《家庭周报》2023年3月24日

酒 吟

今晚的月光
涂抹着颓废的篱墙，
使我跌跌撞撞的影子与风成行。
是谁在聆听着来自地心的声音，
把所有悲伤弹唱？
大概是孤独的野草，
摇曳着未醒的露珠，
让它在我的眼角悬浮。
我想，潮落必有潮起时，
花落必有悲花心。
当爱出窍，拂过心湖
定会把余香留住！
此间，我独饮一路疾风，
跳过所有季节，在烟尘深处
自我救赎！

原载于《家庭周报》2023年3月24日

浮云遮眼

你种过的草，他牵过的手，都是春的嬗变。
譬如白堤上的垂杨柳，吻过去年的四季风；
凫水的鸭子，唤醒过我们儿时的晨昏！
我们都是过路人，追赶着逝去的光阴，
像一棵老树，守护着它的年轮！

是谁，拉长了颤抖的身影，
在月光下熨烫着眼角的皱纹？
这好比是，借用清风
抚平褶皱的湖面。

哦，拂过心坎的是
如烟的世界，你我皆不知
现实与梦境，哪一个才是真！

原载于《家庭周报》2023年3月24日

万花筒

第四辑

借一尾鱼的自由，晒一晒这即将永恒的阳光

清　明

——致母书

故乡给了我
识别世界的瞳孔；
老屋给了我
收拢思念的锦囊；
我成了您
延续生命的
一道光！

原载于《三江都市报》2023年4月7日

非表面

在你看似干净的衣服上
有灰尘来过，
只是你不曾看见，
譬如别人的假关心。

嘴上的誓言大多是花言，
巧语撑不过流逝的光阴。
不为索取的情，才是奉献，
暗香真正来时，扣人心弦！

原载于《三江都市报》2023年4月7日

奋斗者

用泪枕了一夜星光，
也没能枕碎一身疲惫。
为你撬开一扇心窗，
却把隔壁的太阳吓回。
我像一株披着风霜的微草，
只能把身心
献给有你的四季！

原载于《中国家庭报》2023年5月8日

摘星人

我是你的引路人，带你去
摘星辰；星辰里有
海的影子，山的躯干。
等春儿涌动，花儿吟唱，
请把褶皱的心灵烫平；
在诗的潮汐里，给自己让步，
给生活一个答案！

原载于《人生与伴侣》2023年第2期

收 起

记忆是你筑好的
厚厚的墙，上面覆盖着
苔藓般的渴望。
我只想，把尘封的旧事
一件件叠好，让干涸的心
接触一次阳光！

你问我，醉过的天空
有几片你的云彩？
我指向山的尽头。
——尔后，转身，凝眸，
借一阕清词，收拢起
含泪的故乡！

原载于《人生与伴侣》2023年第2期

久违的女人

是谁的小鹿，撞倒了曾经的少年，
把所有记忆，都定格在了人生初见？
是你吗？一个住进我诗里的人！

是谁的腮红，招惹着迟到的光阴，
让一场烟雨，洗去树的慵懒？
是你吗？一个推开我心扉的人！

是谁的清晨，把惺忪的眼迷幻，
让露水打湿春的衣衫？
是你吗？一个来自故乡的女人！

原载于《人生与伴侣》2023年第2期

开　路

琥珀色的乡愁，铺满风的自由，
前方是黎明，是曙光，是我的猎物。
大地托举心事，露水途经眼眸；
我搬山的手臂在风中颤抖！
我要化作穿山甲，开出一条路；
让困难瓦解，让春风常驻！

原载于《时代报告》2023年第6期

歇一歇

借一尾鱼的自由，晒一晒
这即将永恒的阳光；
把烦恼，抛给土地，抛给
经年的老树；让残留的氧气
生出泡泡！

原载于《时代报告》2023年第6期

一晃而过

被岁月绊倒的皱纹，还残留着
些许忧伤；这忧伤里还残留着
还未绽放的青春；这青春
不等我们挥霍，就把晨露、阳光
抵押给了下一任继承者；或许他们
比我们更懂得如何挥霍！

原载于《时代报告》2023年第6期

一觉醒来

晨光扯出一串鸟鸣，鸟鸣里有
昨夜的逃亡。那惆怅的颜色
透不出天空蓝，却透着
乌鹊的羽毛。

余下的路，不知
伸向何处——
我忐忑的心，夹杂着
风的鄙视，雨的嘲笑！

原载于《时代报告》2023年第6期

心上尘

花有春喜，夏怒，秋悲，冬思。
我有残章，断句，病体，余词。
一处处残垣独醒，一排排离影蹒跚。
世间事，放下无碍，拿起伤怀。
可叹，马放南山不得，岁月风霜不减！

原载于《诗林》2023年第3期

风华已逝

风华如酒——
饮时，花开南山；
醒时，花落溪间。
青春是
一朵昙花，一道闪电，
——弹指间，已是暮秋之年。
我呆立的目光
搜索着过往的云烟，
眼前，流水呜咽，寂寥回旋，
风叩响哀伤的琴弦。

原载于《诗林》2023年第3期

断　言

看吧，弯曲的理性与倒退的生命，
正朝着应有的光明前行。
苦泉将化作鱼儿排放的眼泪，
死亡的号角将吹响重生的哨子。
牢笼撞破牢笼，枯草衔着春风，
歌声涌出大海，苦难湮没尘埃。

看吧，迷途燃起明灯，
八荒变作绿野，
晚秋的露水，沾满早春的星辰。
爱与被爱，
如镜之明醒，如泉之甘洌。
悲悯如诗，
来自每一个灵魂！

原载于《诗林》2023年第3期

我的四月

褪去三月的嫩绿，戴上
四月的花红；春把肌肤裸露，
阳光吻过额头，吻过眼睛，也吻过
被你温暖过的心。

倩影成行，晒出一行行文字，
在记忆的夹层里，梨花飘雪，
刮起去年的风。

我像一只投食的鸟儿，把爱
投向大地，投向草海，投向
有你的林丛！

原载于《民族文汇》2023年第3期

诗

诗是自己的独白，也是
别人的旁白。
诗是灵魂的偈语，也是
万物的歌声。
诗是治愈者的波涛，也是
醒心者的良药。
诗是你
收拢情感的眼睛；
诗是你
打开世界的双手！

原载于《百花》2023年第8期

麻　醉

泡在酒缸里的灵魂，
明天将长出青藤；
这青藤会缠住所有月亮，
这月亮能让走失的光阴回来。
而我呢，将住进这光阴里，
把缺失抹掉，让美好发生！

原载于《百花》2023年第8期

对你说

你拾不起的尘，是我曾
落下的雪，那是我们
注定的结果。
如果春天是你的玫瑰，
夏天便是我给你的爱情。
当一盏灯，撩动今生的烟火，
我想，所有的等待都值得！

原载于《百花》2023年第8期

落寞的心

这是一阵好风，吹凉了
我浮躁的心；于是我以酒
温热冰冷的身躯，让岁月
划出泪痕，去碰撞
这滚滚红尘。

当黑夜覆盖双眼，当羸弱的灵魂
叫醒故乡的炊烟；我唯一的道具
便是这孤独的火焰！

原载于《百花》2023年第8期

有雨，没你

你在缩影里沉默，我在
寂寞里婆娑。
今夜的雨，没有湿透大地，
却湿透了我苍茫的心！
我问风，风以风的姿态问我，
彼此都没有答案！

如果说，生活是
一场海啸，那么爱
就是一艘即将抛锚的船——
我在你的涌动中呻吟，
你在我的沉没中放歌！

原载于《百花》2023年第8期

我与父亲

是谁？自某年腊月
将我带回人间，像带回
希望的种子——
从此甘愿半生播种，
一生耕耘！

我们没有过多的言语，去填补
隔空的距离；也没有过多的装饰
去装点生活；我们只是
彼此沉默，各自
把爱深埋！

原载于《百花》2023年第8期

春天的音符

当春天的枝丫
探出头来，所有的露水
都是我幸福的眼泪！

当心底的花叶
布满山冈，我愿化作
飞舞的彩蝶，认领你的芬芳。

当你如一道闪电，划破长夜，
我便在我们的世界
开成一朵玫瑰。

原载于《绿叶》2023年第7期

金枝槐

那些秋歌里坠落叶子的树，
像一具具无魂的形骸。而你却
一袭金装走来，走进我的眼，
我的心，也走进春风、夏露、
秋瑟、冬海。

你有平安的哨子，
也有富贵的琴弦。
我将以非主流的姿态
奏响对你的崇拜。

因你，我将从沙漠
迁徙到绿洲，像从泥潭里获救。
若可，我愿化作一只会唱歌的鸟儿
栖息在你的枝头。

请你接纳我
朝圣者般的目光，
如一股暖流
覆盖我的一无所有。

原载于《绿叶》2023年第8、9期合刊

致敬那些可爱的人

被种下的，是种子的幸运，
长成了的，是耕耘者的收获。
我们横斜在生活里，
或蜷缩，或伸展，或奔跑。
——有人看见了
汗珠滴落在土壤上的痕迹；
有人看见了
深夜里那一盏盏独醒着的灯火；
还有那些默默前行的使者，
不被人知晓，却在发光发热；
他们是一群可爱的人，
在我们的视线里呈现着平凡的面孔，
却有着平常人无法企及的灵魂。

原载于《德育报》2023年10月16日

今日立秋

今日，是谁举着火把，
要照亮这"咬秋"时节，
在一个个缩影里
拾捡着他的流年?

那些叫醒稻穗的
不是去年的风，也不是
秋词里的蝉声，而是要把月亮
铸成镰刀的人!

瞧，白露从他们的眼里
开出朱顶红，像那些
谁也丢不掉的故事，每一朵
都有凉风吻过的痕迹!

原载于《德育报》2023年10月16日

两种境地

枯草在等你的春天，
麻雀在数我的光阴。
你自顾自地吹响你的笛声，
我自顾自地临摹我的字形。

你我各自住眼，住心，
住有色尘。
只是——你在尘里婆娑，
我在尘里败落！

原载于《妇女》文学增刊2023年8月

描　心

你所能听见或看见的四季，
多数来自某个物种的颜色，
抑或是你的离合悲欢。

而我所能兼顾或专注的
却是来自某种具象的直视，
譬如眼角上肆意交错
又不安分的鱼尾纹。

那是一行行抛锚的弧线，
如你在我心底深陷或下沉。
而相悖的命运，使得我们
再也无法抵达爱的春天。

瞧，时钟在嘲笑着
割舍不得的烟云，
如我，陈旧无用的缩影，
正静默成被嘲笑的一类人。

我无可辩驳，
也无须寒暄，
这落定而无奈的尘埃，
终将归还给属于它的乾坤。

此时，我孱弱的身躯
渴望一个支点，
用以支撑我斑驳的灵魂，
哪怕只是一支
小得可怜的绣花针。

原载于《妇女》文学增刊2023年8月

念之影

路灯下，人影憧憧，
有许多冷却的表情。
草摇着风，风摇着我的目光，
像要摇落所有苍凉。

夏虫鸣唱，唱着人间寂寞，
譬如胡琴颤抖的声响。
残垣断壁在光晕中移动，
与久违的念想重逢。

呵，是谁，小心翼翼地
蛰伏在灌木丛中，遮掩着
慌张的面孔？

我想，一切都是臆想，
一切都是泡影，才让感知的心
从有形到无形！

原载于《河北广播电视报》2023年10月6日

我们都醉过

只有醉过的灵魂，才能
长出悲喜，长出期望；
譬如落花，以赴死的姿态
回归土壤。

那些划过天空的星子，以及
眼里残留的萤火，是青春
擦过曙光的妆容！

原载于《中国家庭报》2023年6月19日

开平碉楼记

百年的风刀划过地面，划过碉楼，
却不曾划破她的风骨。
她在昂首，在思考，又以雄浑之心
灿烂地笑。

瞧，落霞涂抹着她的楼角
涂抹得是安静的色调，像是在给一位
美丽的女子，素描。

一群鸟儿也在偷影着她的轮廓，
我也想凑上去，哪怕作为一道风景
去点缀她的年轮。

而后，我们蹚着长河，一路高歌，
去歌颂她——凝一种文字，
勾勒一种符号！

原载于《中华民居》2024年第3期

组诗方阵

第五辑

三月的绿柳，吐露心声，是以我为名

阳 历

一 月

一月的冬花，开出十一种花瓣，
每一瓣都在预热新年。
流浪的寒风，弯腰的枯树，以及
结着冰层的河流，都在日记里
呼唤春天。

我的孤独，封锁不住
烟尘里的渴望，像青春
包裹不住我们眼角的皱纹。
蛙眠之夜，我的呐喊
依旧叫不醒有你的星辰！

二 月

二月的草，染绿了早春的风，
欢喜的鸟鸣，把薄雪叫醒。
垂柳吐着嫩芽，亲吻湖水的额头，
几只蝌蚪，推开河道。

我在大地的一角，拉扯着
浓浓的喜悦，淡淡的忧愁。
而你在春影里微笑，笑靥如花
开出几分颜色。

三 月

三月的蚂蚁，爬出二月，
如我，搬运着大几年的福气。
一只白鹳，站在岁月的枝头，
如你探出的目光，藏有春的温柔。

我还在你的远方，以陌生的爱守候，
疲惫分割寂寞，汗水打湿忧愁；
夕阳分娩着你的倩影，月亮爬上心头，
无眠的眼睛，依旧没能把黑夜看透！

四　月

四月的天，容纳所有事物，
包括树的希冀、鸟的歌唱。
我用一朵花，填补着爱的形象，
像你，填补我的过往。

日记里的诗行，像流过脚面的清泉，
漂洗着青春里的莺飞草长。
岁月像一首曲子，把虚无的寂寞
凝结成册，折叠成你的倩影！

五　月

五月的花香，惊动许多蝴蝶，
孤独的园圃，香客成行。
我只是一个旁观者，
用艳羡的眼神，听莺簧奏响。

你在其中，惊艳四座，
我在角落蜷缩，像一只臭虫

爬过夏的炙热。

六　月

六月的光影，托举着你我的晨昏，
在稻黄与麦穗间绽放。
不是收割的季节，我们收割着
爱与幻想，结局两手空空。

源自上古的小曲，在耳间聒噪，
原浆酒，再也灌不醉彼此的神经。
物质与精神决裂，物质居上，
你做你的花魁，我做我的卖油郎。

七　月

七月的橄榄枝，来自远方，
——是一串风铃的交响，
我在交响里，扮演风的角色。

单薄的青春，被沧桑啃噬，
橙黄的生活，需要一点绿光——
唯独爱情与婚姻，不许！
这些，又与我何干？

八　月

八月的痦子，写老井，
写炊烟，写河流。星星掠过。
月亮爬上心头，思念
落满整个秋。

行走的荷尔蒙，分泌出
许多忧愁——一年走过大半，
路，长满石头。
来去间，风雨成衣，孤独入酒，
迷时多，醒时少。

九 月

九月的落霞，染红了
满山枫叶，也染红了
我的半壁江山。

一首首小诗，摩拳擦掌——
乌鹊在诗中歌唱，像你的嗓音。
我将发芽的月光种下，等稻穗飘香，
长成原来的模样！

十 月

十月的底色，是故乡。
河道的垂柳拂动，如河面的波澜，
也如我的心弦。

一笔笔账，嵌进开始的地方，
那里没有过客，只有可爱的
女士和先生。

十一月

十一月的草，爱上风的自由，
今朝的曲目，是把孤独发酵。
玫瑰褪去鲜红，落叶集结暗影，
月光惨白，捧着遗失的微笑。

我似云中雁，抖落她的羽毛，
在离题的路上，假意逍遥。
哦，漏夜很冷，霜花在心间绽放，
归程，是一湖烦忧！

十二月

十二月的晚露，是一种符号，
披挂着一年的风霜。
尾年已到，梦还没有做完，
钟声响起，唱响虚无。
蜜蜂般的忙碌，能否撑起爱的温度？
落地的声音，是对我的警告！

老树摇落一身负累，是为了
关闭无端的喧嚣。
冬眠的蛙宝宝，隐没语言，
是为了静等春潮。
而我的规律是，一会儿静等，
一会儿喧嚣。

原载于《雨露风》2023年第2期

浮生记事

春 分

三月的绿柳，吐露心声，
是以我为名；
而我呼喊的名字，一次又一次
划过季节的指尖。

今朝又是——
细雨奏响春的芦笛，花萼
绽开春的颜色；
我踏着你踏过的青石板，取出我们
藏好的岁月！

关于我

春去秋来，你从未离开，
——爱如嫩芽吐绿，恨如落花成泥，
这是一场永恒的爱情。

不惑之年，我仍有一颗
无法评估的心灵——

写诗，看海，想你，
静观人间风雨。

惆　怅

落雨拂尘，拂不去旧时光阴——
你的心，长满了斑驳的皱纹；
而我的，却更加潦草、荒诞。

我该用怎样的月色，来抚慰你
苍凉的灵魂；在我们向死而生的路上
点亮一盏明灯？

发　声

摊开那些褶皱的遗憾，里面
还残留着赤色的、乱窜的火焰；
这是一次幻灭后的重生，
这是一道青春出彩的疤痕。

瞧，你手指的方向——
树、草、房子在瞳孔里变得明亮；
清风追逐着小鸟，孩童与孩童嬉闹。
我想，我无须在意那些——
曾经拥有的，还会再拥有的
秋黄之凉意，凋敝之伤悲！

独　心

我的温度计
测不出地球的温度，
像我心无法丈量某些人心。
决堤的痛，迫使我撤出地平线，
与外物决绝。
我像驼鹿、孤鹬，
或雄性苏铁，却不像人类。

雨 天

鸟鸣穿透雨幕，大地伸着懒腰。
浮躁的看客，听不懂他们的歌谣。
风忽来袭扰，我在屋内蛰伏。
秋海棠在偷笑，偷笑我胆小。

虚 无

阳光漏出手指。我当你是一缕风，
一堵墙，一扇窗，一支烛影。
早春在开局败落，像我败落的目光
——寂寥无痕，又心如刀割。
瞧，一处晚霜为我苏醒，
像一枚无名的星子
带我滚进黑夜。

原载于《牡丹》2023年第9期

鸟 界

灰冠鹤

射杀雌鸟的是
一支颤抖的箭——它钝了，
钝成了猎人无尽的悔恨，钝成了
哀思者不能回旋的相思箭。

伤痛的风与殉情的雨
在争斗，长啸的悲鸣
从灵魂溢出。群鸟堕泪，
空咏连珠——使得我
心如芒，鲠在喉。

我慌乱的身影在忙碌，
忙碌着筑一个等她的巢，
一直筑下去，筑一曲高楼，
一直等下去，等几处发酵的心事
酿成一壶烈酒，等几米月光
拂过她灵动的眼眸，等烟尘老去，
崖壁弯腰，等到重逢时候！

说离雁

草籽散落，残春已被大地翻新。
一只离群的野雁越过河床，
衔着焚风的风，衔着羸弱的沙虫，
出入雨巢，啃食着过气的星霜。

鱼书几行，是谁的星星泪
透过雁丘，说一场爱情？
呵，世界归还给我的，有几种曲目？
譬如江水悠悠，漫过有她的云影。

我将用一寸心，一棵松，一节枯藤，
摇醒虚无的钟声，蹚着晚来的露水
独自哀鸣！

火烈鸟

谁像一抹醉朝霞、一群跳动的火焰，
以钟情的姿态，唤醒月老的门？
盐湖的水藻、鱼虾、昆虫，触目惊心，

它们不关心——
火烈鸟像红枫，像忠贞的人类，
像啼血的杜鹃。
而我，艳羡火烈鸟惊艳的羽毛，惊诧它们
一雌一雄的婚姻，更艳羡它们
为生动魄，为死惊魂！

原载于《天津文学》2022年第11期

诗人日记

重　复

生是移动的路，死是静止的湖；
两者之间，风在重复，雨在重复——
你我在重复的间隙里，各自种感性的花、
知性的草、理性的树！

痛　心

今夜，我哄睡了星星，
却没有哄睡疲惫的自己。
草在心底荒芜，
眼前一片废墟。

树卸下了鹤唳的风声，
我卸下了不倦的烛泪。
原来，所有相逢
都是一场戏。

现在灯灭了，也无须
再去照亮尘埃。

那就折叠好每一个自己——
不再问过往，不再问将来！

醒

醒酒与醒人是两种境界。
有时是人醒酒，有时是酒醒人。
醒是天开眼，醉是地生烟。
大千世界，你我皆是过客！

命里有时

孤独是一种惯性，成年后是一种宿命。
宿命不是劫，只是一种修行。
我来，桃花就落了；我走，它又开了。
其实尘界很小，小到只有两个我。
所以，我所能度的：以我为止！

噩　耗

愕然的消息，在颅内爆炸。
死亡，好像与年龄无关。
昨天，他还在谈他的理想。
今天，就倒在了理想之外。
山的深处，又多了一具尸骨。
而他闭塞的心灵，还有几滴眼泪存活！

圣瓦伦丁节

二月的寒风，扫过疲惫的身心，
像扫过一个真空地带。
我有玫瑰，玫瑰不开——
玫瑰的余温，是你们眼角的流萤。
爱情如莲，今已着色，我只好
蘸着海水吞吐泪水，与自己和解！

醒　句

掰开生活的爪牙，把太阳、
月亮，埋进身心。这逆风的脚印，
也是一道风景。

我低下头，梳理着
大地的纹理，试着用
汗水冲洗尘埃，用泪水
染红人心。

那抓不住的风，也没有
离开四季，贪婪
无法抵换应有的良知！

珍惜眼前人

你眼里是他的一贫如洗，
他的眼里却是如花似玉的你。
金山银山不过是浮云一世，
人间有爱才最值得珍惜。

别人眼里的暖，也许是你心里的冷。
不只是春天可人，落雪霏霏也是风景！

枯　人

那些凋敝的心事，是我头颅里
倒流的血液——殷红，
又浑浊。

剪开岁月，是一座座孤城，一盏盏残灯。
它们像鱼尾纹包裹的眼睛，闭合着
一扇又一扇明亮的心窗。

眼前：树秃，草枯，
人烟荒芜。我将一只手
伸向地狱，捏碎梦想；另一只
伸向人间，关闭曙光。

星子，在废墟里打转，
月亮，深陷泥潭——而我，
终将以沉默收场！

为你们

我愿穿过阴霾，贴近你们的心灵，
为你们抖落所有心上尘——
那些冷却的目光，以及
久治不愈的忧伤，将在
雪崩时被埋葬。

春露，将在你们的眸子里
擦亮每一个清晨。
我将化作霜枝，为你们
阻挡一切寒风。

当早春的号角吹响，
一排排离雁归巢，阳光
将以诙谐的姿态，站上
你们的嘴角儿。

当青草的幽香
弥漫开来，你们将沿着
城市的轨道欢笑。
而我，将化作
一缕清风，隐没于

咆哮的海，安静的湖！

空　桥

褪去残壳，是空洞的灵魂，
我的巢穴，挂满枯草般的烟尘。
一地的霜花，结着哀伤的眉眼，
路的尽头，是风的影子。

心湖上，掠过几只苍鹭，
愁云暗笑，悲苦安好。
通往乐土的桥，在泠泠月色里
孤独地痛哭。

花，开尽了所有颜色，而我
却没有踩平半生坎坷。
为我划过的流星，只是
象征性地划过，我仍是我。

前尘的错，还未矫正，
今生的错，又接踵而至。

——难道，修行不是为了
忘我？

空空如也

一盏古老的烛台，撑起
琐碎的故事，在黑暗中
擦亮身心，像苍穹
点燃星子，使我黯淡的目光
找到落寂的空间。

城市的灯火，可以
照亮柏油路面，却不能
照亮人心。我的诗，可以
治愈我的忧伤，却不能
唤醒人们的善良。

四季虚无，霜花成像，青春
一层层脱落，——我的孤单
叠加着雪，叠加着树，叠加着
寂寞的路。

啊，北风在喉管里呼啸，寒雨
途经双眸。岁月的画笔，勾勒着
渐行渐远的轮廓——我的世界
有许多熟稔的身影掠过！

枯　觉

门前的枯枣树，独自裸露在风中，
像枯病的葡萄
夹着我干涸的心灵。

我仰望着冬日倾斜的阳光，
故而感叹——
花的开败，草的青黄，人的无情。

辗转回眸，我的苔黑，苔白，苔红，
经由几壶烈酒，几寸柔肠，
几种人生跌撞，
变得何其有幸，又何其不幸。

动与静，都在起伏。
生命的尾声，拉长了
万物的欢喜与悲鸣。

错与错过，对与相对，
终将在明镜中成像，成影，
留给后人听，后人醒！

以雪言雪

初露在眼眶上打转儿。去年的雪
又来亲吻大地，亲吻屋檐，亲吻
安静的清晨——像有无数只眼睛
贴附于我荒草般的心灵。

离弦劲射，冷与暖重叠，呼吸
与呼吸重逢，——总有一支箭，
能射穿我们沉睡不醒的光阴。

万物发声，诗者
以心为弦，以诗作答，
让发酵的文字——落雪成雪，
落影成影！

原载于《三角洲》2023年4月第8期

思乡客

致亲人

生的日子，我是枯草，是枯树，
是风剪开的云雾。
从初见之春，到永别之秋，
你的华彩，都是我生命的一部分！

无可奈何

暗尘烙印着抽象的风，
风烙印着爱的斑驳。
我破裂的心啊——
就像秋草变黄，星子坠落；
就像青丝掸去青春，长出雪；
就像孤灯跌落荒原，灵魂失火。
——我，束手无策！

夜　话

深夜孤冷。低沉的风
划破我沙哑的喉咙，
溢出种种白月光。

她们的影子，衍生出
许多爱的和弦、痛的悲鸣，
令我猝不及防。

哦，明月倾斜，
倒映镜中人，彷徨的心
碰撞着异乡人的歌声。

不觉间，我疲惫的双眼
挂满相思的种子，在遥远的故乡
落地生根。

吐　心

冲破心灵的声响

在半空中盘旋，
不会有人听到
这沉默的呐喊。

我颤抖的人生，如病魔
蚕食着我脆弱的、敏感的神经。
这个世界，形意如茧，
破壳的力量若隐若现。

我几经昏厥，又几次苏醒，
我想，放得下的
依旧是泡影，
拿得起的
依旧是忧伤。

嘈杂的四季，各自思量，
有光的地方才是故乡。
走走停停的过客啊，
你说，归宿在远方，在天上；
而我，早把那些摇落的稻黄
写进诗行。

倍思亲

今日屋顶上的天
没有那么蓝，大概是把光鲜
都让给了思念的人。
风吹草兮，树摇枝，
它们知道，我有我的私心。

黄昏在眼里淡去，
孤独不断加深，
像两个黑夜覆盖一个白天。

鏖兵他乡，
烽烟却在故乡。
落雨不从天上来，
偏偏破出心扉。

痛是麻沸散，
用酒送服，故而无泪。
荒山上有荒坟，
没有心疼他们的星光。
只有隐匿的落英，
在此伤悲！

无　题

我是草丛里扑向春天的金斑蝶，
路过花枝的游子。
风腼腆地吹过，
像一位少女拂过我凌乱的心。
满宠的日常，是梦，
我需要一个醒酒的过程。
看，潺潺的流溪绕过山庄，
归还我的，却是一个远方。

镜　像

雪花大朵大朵地开了，
从塔顶一直开到塔门，
像莲花开在我的世界，
与风，与枯草，与逝去的你共生。
我从年初望到年尾，
仅有这一处清净令人陶醉，
在眼，在心，在人间。
这些不只是单一的物象，

更像是一种执念在生长，
从娑罗树的枝丫上被唤醒，
去死海，去灵山，去故乡！

空　冷

今晨，我走过的路是冬天的小路，
野草在原地低沉，垂杨以裸体驻足。
而我褴褛的心，写着一万个"孤独"，
每一个"孤独"，都有一种不一样的乡愁。
我透明的目光里是一所空房子，
空得只有空气可以说笑。
哦，昨夜的梦里，有一辆绿皮火车来接我，
车上一个人也没有。
我好像，快要被掏空，
空到，没有什么值得挽留！

散　心

沿着星海湾的轨迹，一路向西，
从春天走到冬天，不知走丢了多少个自己！
眼前的大海，有时长在心里，
有时长在梦里，只要活着就不会停止。

这不是故乡的水，却连着故乡的心，
不分季节，也不分距离。
在这儿，我吹过最温柔的风，
也错过了年华里最美的你。

哦，失去向来都是一种伤害，
"伤敌一千，也会自损八百"，
何况是爱！
对着海鸥，有些话，我要说给它们听，
它们不是人类，不会走漏半点消息。

是的，我独自在等，等每一个
不一样的今天，在某个黄昏里，
出现一片令人幸福的云。

迟来可以，总胜过该来的不来不是？

我相信，宿命的天平
一定会为善良的人而倾斜！
即便我很渺小，渺小得如飘浮的气泡，
可头顶的天，脚踏的地，依然还在！

思乡曲

喉管吐出的烟，像故乡的炊烟，
只是少了母亲的唠叨，多了
父亲的叹息。
这拴不住的月光，把故乡点亮，
而我还在远方，唱响
喑哑的琴声，夜的斑斓。
北山的风，吹乱了门前的树，
也吹乱了我忐忑的心。
外面灯笼高挂，
却没有家的印记。

望故乡

喑哑的歌喉，残留着蹩脚的乡音，
像冷冷的雪花，散落阶前。
朱红的门扉，再也掩不住游子的惆怅。
也许活着，就是为了种种告别！

当我游走在湖畔，山角，洗心亭，
那些有寓意的名字，油然而生。
我想，风的轮廓中，有母亲凝眸的样子；
泥土的芬芳里，有爱者的目光。

你瞧，烟柳在凝着她们的倩影，
甘露在包裹着她们的善良；
尘天叠着大地，流溪途经诗行——
那个稻草人还在原地
守望故乡！

落　寂

我贫瘠的心啊，无处躲藏，

荒韵的笔，画着无骨的惆怅。
老井，咽下一串鸟鸣，
炊烟，咽下几行忧伤。
眼前，人流涌动，暗影成行，
摇晃的镜头，晃不出亲人模样！
故乡太廋，思念开始泛黄，
我要借今晚的月光，淘洗一下
我之悲凉。

小朝年

今日，小懒虫长成了大懒虫，
平淡长成了莫名的狂欢。
你有你的小盲盒，
我有我的小朝年。
我珍藏着划过的伤痕，
你保存着甜味儿的风烟。
你的春之时年，是我的冬之瞥眼，
如悦耳的簧片对应我颤抖的指尖！
我认领了一座异乡的城，
你拼凑好了故乡的蟾圆。

而我们的消息，却渐行渐远，
像雪融后的一张花笺。

返乡人

风剪开冰冻的河床，行桨荡开一江春色。
你在船尾望着我，我在船头望着故乡月。
归棹无眠，烛花衔满疮痂的身影；
我瘦小的心事，从瞳孔一一跌落！

原载于《三角洲》2023年4月第8期

球状星期

紧锣星期一

晴，零上，有春声。
我叫醒慵懒，乌鹊叫醒闹钟。
风柔有人情，案头有文章。
花有三分颜色，我有朝暮提浪。
忙碌的车轮，应和着古老的马蹄声，
我蜿蜒的心河，又拉长了几处孤鸣。
车镜回旋，照不清自己的模样，
肠管蠕动，爬过几只失控的蛊虫。
密鼓从东向西，紧着力气，
紧锣在这个春天敲响！

灰色星期二

晨。风缓，多云，有叫卖声。
剥开苦咸的世界，
耳间引来一串活着的鸟鸣。
门前，垂柳吐绿，
遮住了我昏暗的目光。
忙，也许可以缓解疼痛，

像罂粟麻痹神经。
我没有花生酱、三明治、鳗鱼饭，
只有一口锅，煮沸一口井。

角色星期三

推开冰层，是潜伏的春
在泡桐上吐露心声。
风衔着它的风铃，
泥燕衔着它的巢穴。
而我，用一支画笔
涂抹着我的故乡月。
菜籽在土壤里作诗，
李树簪着它的发髻。
村头流浪的二黄，
摇尾乞怜，等它新的主人。

冷调星期四

晨，六点，下旬春，零下一度，有大风。
我探出的目光碰撞屋外颤抖的树影，
寒战如箭，射穿我的脊梁。
疫情严峻，巷空，有零星人
以灰色的表情告别，
像侥幸逃脱！

壳状星期五

夜，多云，零下，大风预警。
今日不像春，有冬尾声，
从冷僻的心里生出许多冷。
一扇虚掩的门，有人召唤，
像一条锁链，扯出一口废弃的老井。
干涸的心灵，排列着象形符号，
我的缩影从一处目光中惊醒。
阴霾笼罩，渗入皮肤表层，
像野兽蚕食生灵。
我的意念在抗衡，

如蛇，蜕变身形。

白色星期六

晨，下三月，多云，有雪，空气优。
霜花覆盖着窗花，雪花覆盖着歧路，
我们像一头头骆驼，要走出这疫情荒漠。
看吧，忠骨镇青山，白衣傲江湖，
风拉响树的胡弦，我们敲响爱的战鼓。
一城接着一城，心聚在一处，
灾难的尾巴长不了！

懒散星期日

初醒。晴，零上六度，空气优，有鸟鸣。
晚起，慵懒，如树懒悬枝，
因有一弯新月残留在鼻息。
早风分排离去，
我以一名采撷者的名义

探出一根手指，让阳光诙谐不止。
今晨错过的露水
在我的枕边留下印记，
应是昨夜闯过来的梦
还未醒！

原载于《农村青年》2022年9月
《诗文化百家争鸣》

花　笺

致凌霄花

我所喜的，
何止是赞歌里的倩影婆娑，
我所喜的，
何止是花期里的月升日落，
我所喜的，
何止是夏蝉的道听途说——

喜你攀缘的惊心，
在雪崖腰身的动魄，
犹如我心灵的灯塔，
赋予我前行的精神。

喜你灵动的目光，
在风尘里盛开着不同的花朵，
以不同姿态，
抵御外界不可预知的坎坷。

喜你不屈的性格，
植入不为人知的角落，
以蜷缩的谦卑，
践行慎独者的高洁。

致月季

你美艳的轴心，移动着月光，
移动着四季风，也移动着
我的低沉与高昂。
在你火红的、粉嫩的皮囊里，装着
许多幸福的目光。

而我，该以怎样的称呼来唤你，
在晴霞与暮色接壤的缝隙，
镌刻一行歪扭的字迹？

或许你无须符号般的名字，或许你
曾是我相恋的女子，只是
我早已忘记。

请原谅我的缺失，
在饮醉冷眼的今朝，结着
一串串隐喻的叹息。

油菜花

除了蒙尘的眼，我用什么
来读你的色彩？从南到北，
宛若一条条河流，一块块画板，
由浅入深，来识别你，带给我的欢欣。

我将用怎样的行为来渲染，
这香风里的芸薹？
——金橙、红白的脸庞，映射着
春光里折叠的灿烂。

那永不停歇的花语，悄悄植入
我本已干涸的心海，
原来，红尘的蹀躞是因你而来。

山茶红

你的根茎一直延伸到我用
清风、秋露、甘霖组成的荷塘，
也一直延伸到

我用沧桑、惆怅组成的烟楼。

我只想，借用你的品格来弥补
曾经缺失的那处美好。
让我以另一个自己，来轻扫
早已蒙尘的心。

如果，人间有一处可以穿越的路，
我恳求，回到懵懂之初
以一瓣儿你的花萼而生。

原载于《绿叶》2022年第6期

我的路

需要光

我从层层叠叠的目光中
拨出一丝光亮，
那是一个个勤劳者打捞过的
星子，太阳，还有些许被点燃的
一炉锻造许久的坚强。

我用手，指向暗夜与晴空，
携带一方古琴，奏响，
人们本该穿透黑暗的善良。

我用怜悯的心，探望过
工人、农民、商人，
但最值得怜悯的，却是我将沉沦的心，
好像，它的皱纹在不断疯长。

我一直以为，生而何惧，却发现
太多我们无法掌控的意外，
小如解不开的绳索，大如
追不上的理想。
人生的路，就像过山车一样
令人惊恐又向往，

不同的是，我们需要
一个有光的方向。

灵　魂

生活里的许多个我，像陀螺一样
转着自己的日子，仿佛没有尽头，
其实正一步一步接近死亡。

我曾用一个标尺去丈量我的皮囊，
里面隐藏着五彩的渴望。
杂乱无章的心一度喷发着
懦弱、贪婪、自私、妥协与原谅。

我多想像闲散的云，自由的鸟，
或是鱼儿在莲叶嬉闹。
我也曾仰慕过站在巅峰的人，
也曾厌恶过褴褛的行者。
其实他们也有高傲或卑微的灵魂，
只是他们都掩藏得很好。

思　考

我相信，人类超越其他物种，
这不仅是文明的进化，
也有对自然的感知。

我们总在厌烦柴米油盐的枯燥，
却不曾深入体会其中的味道。
所有我们喜爱的都是遥不可及的，
譬如再也拾不回的青春，
即便它也曾非常不堪。

我所能争取的是一份勇敢，
我所能承受的是无法改变的现状。
多少次，又挺起被压弯的腰背，
听着风的讯息，雨的聒噪。
又有多少次与自己不断争执，
一如两个相悖的论调。

我很惭愧，在即将抛锚的轨道上
滴落早已虚空的美好。
也很遗憾，用许多所谓的传奇去堆砌
早已撑不起的虚妄。

我只想在有限的生命里，可以与
所有同行者一起做一盏不凋谢的灯，
也许不能照进远方，至少可以"光顾"左右。
哪怕在风雨中做一把被别人撑起的伞，
哪怕如梅花傲立雪中，依旧故事满满。

我要借用一种颜色
去涂抹属于人们的彩虹，
希望所有伤痛都能得到治愈的良方。
如果可以，我愿化作四季风，
哪怕滚着苦咸的珠泪
去浇灌脚下的土壤。

即便一直徒劳，也不要辜负该有的星光，
哪怕是瞬间的散落，无痕的抚摸。

回归的心

我总是从不同的视角
去探索我无形的念，

来考量我的面目全非。

世间万物都有它独有的情感，
都有值得保留的自尊。
一花一草一木，都有它独特的生命构成，
静也好，躁也好，都是本能。
譬如我们的人性，脆弱而多疑，
贪婪而无知，延续着久而久之的恶习。

我总想于此结束漂泊的脚步，
捻着一树春天回到背起行囊之初。
可以不去追逐华而不实的理想，
就在故乡的村落，做一名笛童，
或是衔着牧羊人的胡琴声安享自由。
那时的天，一定是婴儿般的底色，
没有尘埃的干扰，也没有所谓的
不可预料。

那将是平凡而欢乐的节奏，
在麦浪上起伏，在小树林中欢呼。
仿若一只钟情于"布谷"的鸟，
可以飞翔，却永远航行于自己的天空。

抬眼是曙光照射在湖面，
低声也能响彻山谷。
人前人后，同出一辙，
镜子里的笑容不是给别人的礼物。

于春风中，欣赏萌芽破土，
就像一个男孩爱上一个女孩的心跳。
我是如此地想，简单粗暴，
任性或任意做自己喜欢的样子。

可是，一切都是泡影，
回不去，也止不住，
该走的路依旧要走。
我只能沿着荆棘继续前行，
即便是跌倒，即便热血倒流。

行　者

我要做一个懂自己的行者，
不问过往，不问来生。
余下的日子，

我要卸下盔甲，轻装前行，
无惧刀枪剑戟，无惧冷暖寒凉。
那脚底的茧子，一定是走过的江湖，
而眼底的倒影，一定是我
赚取的几处多情。

故而，我又从层层叠叠的目光中
拔出五颜六色的信仰，
那是一个个被打捞过的
星子，太阳，或许还残留着
被遗忘的黯然神伤。
这应是一个长满沧桑的人的苏醒，
如一处篝火，或熄或燃，
传递着它的能量！

原载于《特区文学》2022年下半月刊第4期

恋恋西塘

痴 话

乌船千里，一路是渔樵的指引，
哪里是西塘的明月，哪里是西塘的星光，
我只是悄悄地听。
前尘的东风，我不曾借得，
今朝的霞红，我不能错过。

作为一个客路人，
我要把西塘的草，西塘的水，
以及西塘所有的文明弄得清。
小到河里的虾，大到古镇新城，
从县志里追溯古今。

如果可以，我要换个身份，
哪怕是一棵石桥边上的暗柳也好。
我只想用朝圣者的心，
去度量属于这里的一草一木。
在动与静之间，
说一说我的认知与觉醒。

新旧西塘

是谁摇橹的声调，和着评弹，
在回眸的瞬间，漾漾着古老的波纹。
大概是那些愁云惨雾的失心人，
早晚要落叶归根。

倘若西塘新城，依诗的艺术呈现，
凝合着建筑、音乐、绘画、生态之美，
与旧西塘鳞次辉映，那将是
另一种人间天堂。

醉心灯风曲影，仰观日月星辰，
如画水乡饮醉娇客的眼，
谁不晓得这吴语江南。

要不要问一问品茗先生，
这晃动千古的流液，
勾住了多少人的魂？

一边是舟斜新宠，一边是烟蒙古色，
此为双全法：玉楼春晓不弱，
水调歌头不减。

暗　语

斜塘，一个古镇的姓名，
我与她曾有个约定。
此次下江南，
就携带着前尘的书信。
踯躅于永宁桥边，
等一个熟悉的陌生人。
暗号出句："斜塘明镜斜塘风。"
答句："一市三省生态梦。"
若是来者不能如此洞明，
那一定是懒人未醒。

文明风

九河交错，宅弄流影，
白墙灰瓦映衬着杜鹃花红。
一袭烟雨，几多风情，
雏燕画檐，但看多少古韵灯笼？

乌篷船里的评弹掷地有声，

吴根越角的风，吹不醒愚钝的风尘。
敢问，波底月，流转着多少风流人物，
也如，此间天上的星辰，数不清的眷恋。

栅街南北，贯穿着
雨廊停歇的宁静，
花花绿绿的油纸伞
撑得起江南古镇的多情。

倘若今非昔比，就筑于
长三角生态之梦，
让古老的风向标，沿着
新时代的脚印前行。
这边西塘旧镇千古绝唱，
那边西塘新市流淌着当代文明。

原载于《今古传奇》2021年第11期

漂泊日记

我 心

那阑珊处的稻黄
是一缕星光的影子，
结着凛冽的风
提醒着迷失的自己。

一杳杳的书简啊
朝有薄雾，暮有沉思。
我提着种种惆怅，
不知所以，又不得所以。

暗 伤

流年如梦，种下了种子，
又收获了种子。
赶路人的心啊，
折叠着风的消息，
不得驱使，没得驱使。

咳，那落尘我是，
枯萎的花叶我是，
这惨淡的光景啊——

除了我的渴望，
除了别人的欢心，
都是无与伦比。

无畏者

我有一片蓝色的湖，
大概是滚不落的一滴眼泪；
一半儿，衔接着故乡的炊烟，
一半儿，承受着异乡的冷暖。

瞧，西风刚刚掠过灯影，
北风又接踵而来，
好像四季在为我而紊乱。

好吧，既然我身处绝壁，
那就以凌霄花的姿态盛开。
我要告诉那些嘲笑者
——我还活着，
并且将会活成他们意想不到的成色！

原载于《莲池周刊》2022年9月9日第36期

角　度

有爱才有光

眼底经历着人间四季，
心却一直生养着春的气息。
这是因有一盏灯
一直连接着黎明，
而这个黎明，就是你。

心　态

若眼里是凄迷，
阳光下的花花绿绿
都是暗黑的自己。
你所谓的绝境，
是一道来自你心灵的绝壁。

分辨自己

我欲言又止，不是难以启齿，
而是道理要说给哪个你？
一个从梦境里来，

一个从明镜处走开。

当局者迷

你置身青山，眼见月明，
是山高，还是月远？
身在局中，识得给别人的暖，
却不曾识得给别人的冷。

缘起缘灭

落叶之所以摇落，
不是风的错，
而是季节。
即便你离去，
爱依然没有沉默。
只是，我们少了一个结果，
多了一个结局。

原载于《雨露风》2023年第3期

夜中人

虚　夜

被泪水洗过的春山已入睡，
静，像暴富的心，被无情地挥霍。
怕，只怕一个"闲"字了得。

我牵着一缕热风，走过几条街，
像牵着臃肿的人生。
一棵歪脖子树，正定睛看我，
无言，又不甘寂寞。

天空深处有月，放射着贪婪的目光，
要把大地的每一寸肌肤都抚摸。
我踯躅在虚夜，又化作虚夜，
镜像翻转，好像从未来过。

一个失败者的惆怅

今夜是一个失败者的惆怅，
与世界无关，唯独与自己较量。
今夜是星子的低沉、雨的疏狂，

我离殇的心，落寂而迷茫。

今夜是云的偷懒、风的嚣张，
我无助的念，吞噬着前行的方向。
今夜是一条分割线，
对过去惋惜，对未来绝望。

今夜是一盏燃不亮的灯，
嘲笑自己，把人间烟火分落成行。
今夜将是永恒的今夜，
流水的屋檐，滴落着最后的信仰。

不知所措

今夜无眠，是锦瑟的琴弦，
今夜有戏，是华彩的悲泣。
今夜，没有冷眼的弦月，
今夜，没有温柔的星光。
今夜，惊恐、落寞、不知所措
——我像一个迷失方向的孩子！

凝寂的心

忧愁如水，如鹅黄，
在我凝寂的心上流淌——

今夜，是海的沉默，
弦月的迷茫；
今夜，是归棹无踪的船，
灯影里迷失的桨；

今夜，是对春的绝望，
黑暗里最纯粹的时光；
今夜，是对今夜的倾诉，
对失败最好的供养！

夜静思

我用低缓的呼吸
贴近昏沉的大地，
任蝉鸣声声，拉响夜的胡弦。

星子俯瞰着那些匍匐的身躯，
初秋的露水，似乎
要把我无助的心灵贯穿。

哦，没有什么
能让时间静止，
就像没有人
不经历生与死。

宿命如花，如树，如雾，
——福与祸，来有时，去有时，
未卜，又有谁人知？

夜　叹

夜深如渊，如潭，——
我寂寥的心
丈量着失眠的星辰。

风流云散，霜花爬满皱纹，
有个姑娘，拾捡着我

青涩的碎片。

我只好借用一壶酒，
几支烟，一把吉他，
麻醉我早已脆弱的灵魂。

原载于《雨露风》2023年第3期

关于你

早春有你

早风唤醒鸟鸣，晨露唤醒芽黄，
静默的河水，开始扭动臃肿的腰身。
我贴紧大地，静心聆听
聆听来自故乡的，好的坏的消息。

想到你对镜梳妆，想到湖畔烟柳成行，
残冬的雪花，便开出许多颜色。
此时，你是否知晓：万物的声线里，
藏匿着一颗颗蠢蠢欲动的心？

致　你

茶盏里的明月，是你的眼睛；
我口中的甘泉，是你的芬芳。
中草药能治愈我疼痛的身躯，
而你，能治愈我孤寂的灵魂。
命运的魔咒，把你我禁锢，
我坚信——爱神，不会袖手旁观。

与你相关

你从遥远的地方梳理前尘，
春风，陶染着花儿的馨香。
我徘徊在你曾走过的路上，
秋雨，招惹着泥土的芬芳。
我梦，吐露着虔诚的心声，
冬雪，装点了北国的风光。
我想你，才有了四季，
你爱我，才有了阳光。

你是鹅黄里的春

你的美艳像莲的轻绽，
在我心底眨着眼；又似海棠花万千，
来往着芬芳的云烟——

你是鹅黄里的春，四月的天；
山间之清泉的流音，
我的光明，因你变得璀璨。

你是灯影里的风，摇船的桨；
画壁上最美的红颜，
我的岁月，因你有了桑田。

你是鹅黄里的春，四月的天；
冲破云霄归来的鸿雁，
我的美梦，因你笑傲红尘。

我是你放飞的风筝

我是你放飞的风筝
——竹条与花纸，组成了季风的一部分，
在接近春天的地方释放一种力量。
你手中的线，拉长了自由的长度，
也缩短了，天与地的距离。

我是你放飞的风筝
——在云烟与草露间穿梭，
吸食着阳光，也吐露着爱的芳香。
你心里的小鹿，在荼蘼花盛开的地方
匆忙逃离，又在杜鹃啼血的世界

悄悄归来。

我是你放飞的风筝
——离索与重逢，若隐若现，
梦与醒，不断变换。
前世的流水，哼唱着甜蜜的歌谣，
今朝的钟声，敲烂僧庐的山门，
这又有谁知晓？

我的角儿是你

我与你的距离，
是一条小小的缝隙，
而这缝隙，却是一座城的距离。

我曾用笔描绘过风，也曾用爱
涂抹过你，只是
风尘里平添了许多谜。
你从我眼里来，又到我心里去，
如念苏醒，又如念沉寂。

你从故事里生，又从
故事里遁去，原来——
婵娟是你，流星是你，
冰凌也是你。

都是你的倩影

那深邃的，暖暖的，
灿烂的眼睛，
如微风中起舞的花枝，
吐露着爱的馨香。
我的心湖好像，
被投入了一颗石子，
泛起的涟漪都是你的倩影，
一半是炙热的炉火，
一半是透水鲜般的娇羞。

关于你的爱情

你是我心底一粒种子，
在秋水里化作归鸿。
日暮在湖畔梳妆，
荷塘里的月色吹起藕花风。
我将重叠你所有的影子，
在画屏上为你点上一腮桃红。
杜鹃花漫山疯长，
每一朵都盛开着你的笑容。
我在今朝的梦中，
寻觅关于你的爱情。

那年的我，那年的你

那年的我，那年的你，
是花的萌动，蝶的痴迷。
那年的风，那年的雨，
是梦的结痂，痛的别离。
那年的街道，那年的街曲，
是清晨的贪欢，黄昏的哭泣。

那年的人，那年的事，
堆积了无数个我和你。
叹，世间唯有一个情字了得；
恨，只恨，不堪朱颜，不懂相惜。

你我的关系

拂过你额前的风，与我描述的
心一样，一样载着小小的忧愁。
那摇着头的叹息，像秋水里
泛不动的扁舟，亦如我的逗留。
十月的痛，令人无法割舍，
也无法治愈，譬如一支相思箭
射穿我将死的灵魂。

瞧，我用多情的目光，丈量
你我相互拉扯的裂痕，
在无数次的梦里，放大或缩小。
我又时常探见，你在我
落寂的期盼中，藏匿着
讥讽与嘲笑，一如我的卑微——
怕人知晓！

你的花窗

我站立的身影是否倒映在你的心湖，
来回晃动着你都不愿驱赶?
红泥屋里住着两个人的缠绵，
一边是炊烟问天，一边是风问过路人
——要取几钱芦根，才能
治愈我的热淋涩痛，
干涸的心肺拾取多少阳光雨露
才得以舒缓?
我把所有的夕阳都写在了
未寄出的信上，可能思念的月光
已照满你的花窗!

原载于《雨露风》2023年第3期

拨弄你的心弦

海上之夜

海水倦了，雾与树也倦了，
如倦了的水鸟，觅着可以栖息的巢。
而我，如漂浮的火焰
在黎明前
洒下一船星辉，
与夜成欢。

风影如刀，划过桅杆，
也划过彼岸，
像是一种提醒
或试探。

我止不住的心，
似乎看见
一群熟悉的陌生人，
忽远又忽近。

我不敢闭上双眼，更不敢
摇橹入眠，唯恐一去不复返。
今夜将是我
与昨夜的永别，

一如我曾踏过的土地，
以及被我冷落过的
每一个春天！

大寒时候

流浪的呼吸向冷空气出手，
出一只无形的手，
居然触碰到了枯叶的温度，
想必，春的根须快要醒来。
那落在玻璃窗上的霜花也欢快了一夜，
大概窃听到了什么消息。
哦，我的折页上设计了一个"福"字，
不太新，也不陈旧，如你们的微笑。
相信花草都盼了许久，
爆竹也会提前凑个热闹。
瞧，腊月十八又来，我的心呀，
一半在年前，一半在年后。

疗　心

与渊成海，与绝壁成邻，
纵观万千世界，我不再一无所有，
亦不再一无所爱！
从前，一直以杂草的姿态生长，
也一直在混沌中存在。
相信吧，梦叠着梦，会照进月光，
滚落谷底的风烟会缓缓地爬上来。
等到觉醒时，成功无锁，也无霾，
我将如凌霄花一样绽开！

赠　言

拨动你心弦的
不是琴匠的指尖，
而是种在你心里的念，
在水塘里发芽，在明镜中升华，
那是一缕烟，一座山，一树梨花。
倘若有心听风，
不听芦潮虚伪的赞美，

不听麻雀饥饿的语言，
只听皂角树摇动枝叶的声音。
静静地把目光
放亮，放远，
分辨着灯塔、星光，
以及破晓前的昏暗！

听 雨

听雨屋檐下，
听的是乐曲、烟尘、冷戏，
一如琴手操练着他的孤寂。

听雨钟楼上，
听的是断雁、悲扇、落黄，
一如赶路人蹩脚的星光。

听雨巷陌间，
听的是彷徨、哀怨、惆怅，
一如那个丁香一样的姑娘。

听雨词牌中，
听的是红烛、西风、鬓如霜，
一如残花的低吟浅唱。

原载于《速读》2022年第1期

周德龙的诗

致海子

铁轨是你通往天堂的路，诗歌是你
留给人间的音符。
你闯过了母亲的春天，却没能闯过
天才的孤独。
海的澎湃，是你一生的追求；
风的自由，是你永恒的归宿！

同类人

你摘不到向日葵的光与热，
就像凡·高摘不到他的太阳。
关于爱的渴望，你和我一样，
都要把暗夜扯出一条裂缝，
让温暖的河水流进来，去灌溉
贫瘠已久的土壤。

告　别

你把海，装进了随行的口袋；又把
春暖花开，装进了别人的目光！
你没有放倒山海关的列车，
却放倒了自己的绝望。

永　生

你用闪电般的生命，唤醒了
无数个春天；这些春天是你
文字里闪过的身影；他们
要以你的形象变得永恒！

原载于《红豆》2024年第4期

别后之声

爱的世界

我有一帧世界，留存着你的山水，
那是你打马走过的江湖。

也许被抽离的爱，会因凋敝
而变得深沉，就像我
分解不了你的乡愁！

每一次轮回，都是一个季节，
每一个季节，都会开出
不一样的花朵；而那些象征性的生命
也如风一般，喜怒无常！

虚无之中的虚无

阳光照进白色的雪面，一如你
落进我的表情；此刻，
我只想为膨胀的爱
瘦一瘦身！

哦，虚无的人，用虚无的一生
来交换虚无的温暖，那不是愚笨，
而是要把自己的本心
归还！

一别两宽

你见过天地，也因日月之光而着迷；
可在你的世界，我只是一个陶罐，
一碟小菜！

也许你忘记了，真心有度
爱才会四季如春。
既然获得不了双向的暖，也只能
挪一挪身。

那就认领缘起，也认领缘落；
应你的捉弄，将自己
一笔笔退回！

影单先生

风雨过后，一盏盏灯亮着，
疲惫的心再也装不下
头顶的天空。

也许，相碰的目光
都能发出声响，可谁的目光
才是我要碰撞的火花呢？

瞧啊，时光转动齿痕，
还没等我老到蹒跚，就已换了人间
——我成了无家可归的人！

过去式

我捧不住曾经的晚霞，
也解读不了浮动的人心；那些
喜怒参差的日子，早已叠搭成片；
可我，还在路上！

活着，就是为了混场告别
——与万物，与昨天，也与自己；
直到灯枯，生命静止成
泥土或碑文，才歇！

空房子

相别是落雪的江湖，
爱从褶皱的世界开始，
成为枝头泡影。

谎言背后，是某颗私心
折抵着某颗痴心，自那一日
于镜子中脱落。

潮水隐退，虚空苏醒，——
空旷的念头是一支离弦的箭，
射穿了城市，也射穿了每一个我！

原载于《名家名作》2024年第17期

那时年少

朝 青

给青春镀上青春，让他
飞出一条弧线，砸在
未老去的路上。

回 镜

让春雨在脸上沉浮，
让年少的光阴
唤醒呆年的老树，从此
树上，不仅有鸟的叫声。

赋 予

用爱缝补春天，让褶皱的光明
划过呐喊的喉咙；你将于下个雪景中
拾回遗失的梦。

心　态

以草的谦卑捧出晨露，以风的姿态
奏响一树歌声。给自己，捻出几种
年幼的晨昏！

回　旋

我们要借潮汐的心
碰撞经年的墙壁，
让年少的文字，
落成爱的典礼。

比　心

你用一湖微笑，荡开我
年轻的心扉；我借一行鸿雁
叼走你的皱纹。

植 入

我要踩碎斑驳的光影，拾捡
斑斓的世界；在你经年的眉间
开出一朵青莲！

敬 生

我要咬去月的年轮，补上
初度的光晕，在你途经的世界
开一扇永生之门！

还 童

让抽穗的生命，分娩出
稚嫩的声音；让倒立的心
收回流走的光年！

折　返

扒开隐藏在雪峰里的文字，
让一缕晨曦照进来，把自己
推回二八年纪。

原载于《文学少年》2024年第6期

汉中印记

赴汉中盛会

从海的另一头，我张开翅膀
直抵古城的尽头；这尽头
是陌生的城墙，是未锻造的人心。

风捎我去你们的世界，这是我们
故事的起源。在这里，我们要筑一片
有文字的星空；在星空里我们要
打造一座爱的府邸！

汉中相会

你来，醒风，醒雨，
醒四月的汉中；
在我醒过的烟柳旁
擎起一树花红。

你把季风酿成酒，
来斟满我的日月星辰；
我把古地的泥香安上翅膀

载进你的行程！

拜武侯祠

旱莲退出季节，却开成了
梨花白，那是武侯的肝胆啊，
让历史开出声响！

当天空掰开雨瓣儿
缝补汉中大地；当剑客
于诗行里划出闪电；
谁会用一指温柔，一炉烟香
去抚慰忠臣的心囊？

临别诗

我将几颗星星，栽进
汉中的土壤；土壤里
生长着我的诗行——那是

酒杯碰撞酒杯的交响；那是
缘分结出的常春藤；那是
有肠花^[注]的盛放；那是
北飞的雁鸣，挑亮的星空！

注：有肠花，垂丝海棠的别称。

原载于《人生十六七》2023年第10期（下）

生命的韵脚

在路上

岁月在脸上作画，生活
在心田里作诗；过午的生命
还不允许我们放纵；只怪
脚下的土地，还有未完的风景。

山是大地的平仄，流水是
蓝天的韵脚；迁徙不止于陆地，
漂泊也不止于海洋；对于新的世界
我们都是来自异乡！

斧　正

我是一把修剪枯叶的剪子
在修剪那些被冷落的月光。
我要将他们吐出的悲伤
装进口袋，等天晴晾晒！

那些发霉的诗句，有过多情，
也有过无情；我想它们也要
回归土壤！

命　理

时光如马，那马蹄声
就是我留下的诗行——
每一笔都是我的形象。

我存在，是以荧火而存在；
我走，是以水而结束；因为
——我是水命！

觉　受

我在度劫，也在度日，
像秋天的梧桐，在度
自己的枯叶。

那些高过额头的，
不只是天，还有比天更高的心，
可再高的心，也有回落的时辰。

当生命的开头与尽头重叠，
落过雪的发梢，便是经年的

年轮。

人生不过是用生与死，去过滤
相对的因果；归零，
才是最高级的修行！

珍爱自己

山路弯弯，如果奔赴的是爱——
请别走得太快。
平仄后，生命通透，等光来，
起韵就算一个春天。

花开有颜色，人善有温情，
人生并不漫长；走走停停，走走看看，
才不会错过每一个为你精彩的瞬间！

原载于《海燕》2024年第7期

第六辑

乐府新声

落雪成松韵，山青已故年

临　冬

草结西江曲，寒鸦应荻风。
层林霜叶泪，玉骨记花红。

原载于《文化月刊》2022年第3期

过四正山

流水绘秋景，盘山有别亭。
虫鸣争早露，草木诵禅经。

原载于《中华辞赋》2024年第6期

笑春声

静鸟啼新阙，烟楼宴竹尘。
草喧阶上雨，润物贯花春。

原载于《生态文化》2023年第5期

城南小语

落雪成松韵，山青已故年。
江村擎潏月，独饮任无眠。

原载于《心潮诗词》2024年第2期

叠　盼

常落心尘雪，何时才是春。
凭栏遮冷月，怀古待初晨。

原载于《心潮诗词》2024年第2期

癸卯年腊月十六补记

宿醉三山浦，灯风照竹年。
冬开春一朵，几瓣是婵娟。

原载于《心潮诗词》2024年第2期

寄春君

小冷初晴才见雪，踽山脚下起骚风。
酒旗斜矗知新客，玉骨仙姿半袖红。

原载于《楹联博览》2021年第24期

行山居吟

春鼓唤君竹，山风撞雨钟。
长亭盘古道，短笛唱青松。
弦月拂诸寨，繁星测九峰。
溟蒙朝暮起，乖日待香彤。

原载于《生态文化》2023年第5期

津门行记

千里掌秋月，祈天贺烛明。
盘山行巧善，古刹踏钟声。
宴有津门菜，杯含石友情。
别时同叙泪，又恐鸟花惊。

原载于《中华辞赋》2024年第6期

浮来山一游

翠竹暖秋色，流泉缓客霜。
晨钟行佛事，暮鼓唱悲肠。
乌鹊饮甘露，金风阅锦章。
浮丘罗汉住，银杏作高郎。

原载于《诗刊》2024年第10期

西塘新宠

戏入斜塘九九红，春秋惯看道西东。
乌篷船角雕明月，宅弄街沿挂彩灯。
伞打烟蒙撑旧事，棚迎雨沥撞新钟。
白墙墨瓦衔泥燕，吴语江南别样风。

原载于《生态文化》2023年第5期

菩萨蛮·望黄鹤楼

金沙江里千钟赋，密云霞卷仙人路。
停棹莫停杯，渺观黄鹤归。

玉阶参老树，鹦鹉洲头住。
叠翠锁高楼，蛇山别月愁。

原载于《生态文化》2023年第5期

西江月·忆滕王阁

横燕西风江渚，归鸾秋色长天。
滕王阁里奉朝先，客浦云飞霞变。

暮雨帘钩花落，浓愁不减朱颜。
几番烽火睹江山，旧府风流百转。

原载于《生态文化》2023年第5期

画堂春·西塘曲

吴根越角水横斜，田歌锦瑟人家。
叠枝啼语杜鹃花，几处晴霞。

南北栅街廊雨，风吟宅弄琵琶。
玉楼春晓话桑麻，古韵风华。

原载于《星星·诗词》2022年秋季刊

菊花锦[注]·捻风拂泪

捻风拂泪，朱碧相混，谁人问星君？
目有妖娆日，行阴落雨云。
花前晓月，几度销魂？

老树梧桐，比对烟楼，凤凰杳无痕。
今宵清冷处，罗衾薄如尘。
菊花消落成杯锦，却道痴心若故人。

注：菊花锦，作者自创词牌，其名取自"菊花消落成杯锦"之句。以周德龙词《菊花锦·捻风拂泪》为正体，双调六十八字，前后段各七句、三平韵。此词仅有一体，别无他词可校。

原载于《中华诗词》2022年第4期

后 记

还记得舞象之年，17岁的自己，富有朝气，也喜欢憧憬，天生就对文学有着浓厚的兴趣，希望有一天能当个真正的诗人。

17岁是女孩儿的花季，是男孩儿的雨季，是稚嫩的枝丫刚刚吐绿；17岁是情窦初开的青涩，多愁善感又富有诗意；17岁是梦里的故乡，是河边嬉闹，校园里打情骂俏；17岁是一缕春风的微笑，是懵懂，是说爱的胡闹；17岁是象牙塔里的梦，是醒来看到的鬓发如霜；17岁是那么遥远，远的不是高山遮住眼眸，而是一叶障目；17岁，是我写诗的潮起，如今我已不再年轻。

岁月安好的是曾经的过往，而逝去的却是多么昂贵的时光。我们在回首中感叹，在记忆中深情，又在短暂的叹息中苏醒。生活的蓝本大体相同，而自己演绎的角色也只能自己署名。在这场自导自演的生命剧里，不能排练，不能回放，只能前行。我们留下的印记也可能模糊不清，但我们不甘，是因为我们有一颗年轻的心。都渴望在最好的年纪遇到爱情，都奢求在青春的时候站在事业巅峰，都祈求父母可以活到期颐之年，都盼望儿女能在红尘中顺水行舟，我们一厢情愿的渴望、奢望、盼望，其实早已注定！

自写诗以来，我不曾有老师，索性自命为师。从第一次涂鸦开始，从第一首歌词开始，从生活中的每一个痛点开始，从每一本关

于诗的文字开始，寻找自己的位置。现在想来，生活成了我的老师，万物成了我的红颜知己。以后的日子，诗依旧是我最好的酒，依旧是我最好的药。

　　是啊，"海内存知己，天涯若比邻"，非常感谢我的那些不曾谋面的学生们，以及那些默默支持我的朋友们，还有我忠实的读者们，是你们给予了我爱的光芒。就像清朝随园主人袁枚在《随园诗话》中写的"赠人玫瑰，手留余香"一样，我深有同感。在此，祝天下所有人，都能得偿所愿，幸福安康！